夢《む》剣《けん》霞《かすみ》ざくら

浮世絵宗次日月抄

上

新刻改訂版

JN077898

美雪《みゆき》の母の生家《さと》である大和《やまとの》国《くに》・飛鳥《あすか》には深い歴史を眺めてきた傷《いた》んだ白壁や土塀、そして威厳ある楼門《ろうもん》が満開の桜花《おうか》を従え真《まこと》によく似合っている。

写真・文／編集部

浮《うき》見《み》堂《どう》は、息を呑《の》む香気漂《ただよ》う静寂のなか、無数の桜吹雪《ふぶき》を浮かべた池にその身を鎮座させ、満開の桜花に見守られながら、深く長く熱い飛鳥の歴史を物語ってくれる。まさに百花《ひゃっか》繚《りょう》乱《らん》たる池の畔《ほとり》に佇《たたず》み瞼《まぶた》を閉じれば孝《こう》徳《とく》天皇や天《てん》武《む》天皇の、そして聖《しょう》徳《とく》太《たい》子《し》や蘇《そ》我《が》一族の姿と共に、大勢の将兵の喊《かん》声《せい》が伝わってくる。それらの光景は、**美雪**の生《は》母《は》の遥《はる》かに遠い血筋につながっていくのだが……。

新刻改訂版

夢《む》剣《けん》 霞《かすみ》ざくら（上）

浮世絵宗次日月抄

門田泰明

祥伝社文庫

一

「ご覧《らん》なされませ美雪《みゆき》様。此処《ここ》から眺める書院桜《しょいんざくら》の何と美しいこと」

　立ち止まって振り返った菊乃《きくの》に誘われるようにして長く延びた坂道の下を眺めた美雪は、「まあ、本当に……」と思わず目を細めた。滅多《めった》に利用することのない坂道であったから、父貞頼《さだより》が書院桜と名付けて大事に育てあげた一本の山桜を、この坂道から眺めるのは今日がはじめての美雪だった。

「十七の時から西条《さいじょう》家にお仕《つか》えするようになって二十五年になります私《わたくし》も、桜の時季にこの坂道を通ったことはこれ迄《まで》に一度もありませぬ」

「では菊乃も此処から書院桜を眺めるのは今日がはじめてですのね」

「はい。お庭で見上げて眺めるのと、此処から見下《みお》ろすようにして眺めるのとでは美しさが大層違いますこと。出来ればお殿様をお誘いしてお上げなされませ」

「そうですね。書院桜が満開の内に父上に申してみましょう」

「美雪様にお声を掛けられると、お殿様はきっとお喜びなされましょう」

「菊乃はこの坂道、辛《つら》くはありませぬか」

「ま、この菊乃はまだまだ若《わこ》うございますよ美雪様」

「ふふ……ご免なさい」

二人は静かに微笑《ほほえ》み合いながら、坂を下《お》り切った東側の白い土塀越しに聳《そび》えて見える高さ七、八丈《じょう》はありそうな山桜を暫《しばら》くの間眺めた。うっすらと紅に染まったかに見えなくもない白い花が、今を盛りであった。

「そう言えば……」

思い出したように菊乃が口を開いた。どこかしんみりとしたその様子《ようす》に、美雪は「え?……」と書院桜に注いでいた視線を、菊乃の横顔へ移した。

菊乃は身じろぎもせずに、坂の下の西条家を見つめたままだった。

「奥方様が心の臓の病《やまい》で身罷《みまか》りなされました時、あの書院桜はその前日まではそれは美しく見事に満開でございましたのに、急に花吹雪となって散り出しました」

「そのような事が、あったのですか。はじめて知りました」

「お殿様からは何も？……」

「ええ。何も聞かされてはおりません。母は全く苦しむことなく安らかに眠るようにして亡くなったとしか」

「それはその通りでございました。美雪様が嫁《とつ》ぎ先の旦那様の帰参《きさん》に付き従って江戸を離れ、遠く駿河《するが》へ参られた後《のち》も明るく気丈《きじょう》な奥方様であられましたのに、急にお加減が悪くなってしまわれ……」

「菊乃。母の病は一人娘の私《わたくし》が江戸を離れ寂《さび》しい目に陥ったからであろうか。心の臓を病んでいたなど母は露《つゆ》いささかも私《わたくし》には見せなんだのに」

「美雪様が遠く駿河へ去られたせいなどではありませぬ。わが子が何処《どこ》へ嫁ぎましょうとも母たる者は強く仕合せを願うものでございます」

「いまになって思うのですけれど、もっと母と沢山《たくさん》の話を交わしておけばよかった。可愛《かわい》がってくれた私《わたくし》に看取《みと》られることなく亡くなった母が可哀《かわい》そうで」

「そう思って差し上げることで、奥方様の御霊《みたま》も尚《なお》のこと浄土《じょうど》で喜んでいらっしゃいましょう。さ、そろそろ参りませぬと」

「そうですね。少し急ぎましょう」

美雪と菊乃の主従はまた坂道を歩き出した。幅二間《けん》ばかりの坂道はあと少し行った辺りで切石組みの階段になっているのが見えていた。

左手は手入れのゆき届いたなだらかな竹山で、右手は眼下に町家や中小武家屋敷の板葺《いたぶき》や瓦葺《かわらぶき》屋根がすき間なく展《ひろ》がって、そのずっと彼方《むこう》に豆粒ほどの幾艘《そう》もの船を浮かべた海の青い輝きがあった。

「いい景色ですね美雪様」

「本当に……気持が洗われるようですこと」

「侶庵《りょあん》先生のお茶の会に招かれていなければ、見ることの出来なかった景色です」

「それに書院桜の格別な美しさにもきっと気付かなかったでしょう」

「そうそう、あの目が眩《くら》むような山桜の美しさ。なるべく早くお殿様をお誘い致しましょう、お嬢様」

「菊乃。嫁いだ日を境として、もうお嬢様という言葉は使わない約束でしたよ。これで幾度目かしら」

「そうでございましたね。申し訳ありませぬ。うっかりすると、つい口から出てしまいます」

「それに今の私《わたくし》はすでに嫁ぎ先との縁が切れた体。お嬢様は似合いません」

美雪が口元に小さな笑みを浮かべてやわらかに言い終えたとき、菊乃の歩みが不意に止まり、次いで美雪も動きを止めて竹山の側へと身を寄せた。

背丈に恵まれた着流しの男がひとり坂道を下りて来て、ちょうど石組《いしぐみ》の階段が切れる所で立ち止まった。

相手はひと目で町人と判る身繕《みづくろ》いであったが、美雪も菊乃もどちらからともなく軽く腰を折った。主従ともにそうさせる何か不思議な感じが、町人である筈《はず》の着流しの男から放たれていたのであろうか。

立ち止まって美雪と菊乃を見ていた町人は思い直したように歩き出し、坂道の端へ体を寄せている主従に近付いてきた。

「恐れいりやす。ごめんなすって」

町人態《てい》の男は美雪と菊乃に、渋みのあるいい声で伝えて歩みを緩《ゆる》めることなく通り過ぎた。その瞬間に生じたふわりとした小風《こかぜ》で頬《ほお》を撫《な》でられた主従は、顔を見合わせてから男の後ろ姿を見送った。

「どなた様でございましょうねえ菊乃」

と、美雪は囁《ささや》いた。

「この坂道を上がり着《あ》いたところには今日のお茶の会がある浄善寺《じょうぜんじ》さんしかございませせぬけれど」

「そう言えばこの坂道も、このやさし気《げ》な竹山も、浄善寺さんのものだと菊乃は申しておりましたね」

「こうして見る男の後ろ姿は紛《まぎ》れもなく町人の身形《みなり》ですが、今日の浄善寺さんでのお茶の会に招かれている人物とも思われませせぬ。だって着流しでございますもの」

「でもほら、菊乃。あの町人のすらりとした、それでいて何となく力強く見える後ろ姿、私の旦那様に……いえ、私の旦那様だった人の背恰好《せかっこう》にどことのう似ております」

「そう言われてみればなるほど、廣澤和之進《ひろさわかずのしん》様のがっしりとした肩の後ろ姿にそっくりでございますこと」

「和之進様は打貫《うちぬき》流剣術を極めなされ、藩で五指に数えられるとかの使い手。肩と腕の筋《すじ》を衰えさせては打貫流は使えぬと、朝に夕に庭先でよく鍛えておられました」

「いまごろ和之進様は駿河《するが》で如何なさっておられるのでしょう。美雪様には便りの一通も届かないのでございますか」

「お前の身に危険が及ぶのだけは避けたい、という詳細のよく判《わか》らぬ理由で半ば一方的に離縁されて以来、なんの便りもありませぬ。おそらく藩内《かちゅう》のごたごたに振り回されて、きっと便りを出すどころではないのでしょう」

「なにも憎しみ合《お》うて別れた夫婦ではありませぬのに……」と、菊乃の声が呟《つぶや》きとなった。

坂道を次第に遠ざかってゆく町人の後ろ姿を見送りながら、遠い目になってゆく美雪に気付いて、菊乃が表情を曇らせた。

「さ、参りましょう美雪様。私《わたくし》たちが一番遅れているやも知れませぬゆえ」

菊乃に促されて、美雪は我れを取り戻した。

「そうですね。急ぎましょう。坂道の下に屋敷を構えているというのに、他人《ひと》様《さま》より遅れると笑われてしまいましょうから」

主従が浄善寺に向けて坂道を上がりはじめると、ゆるやかに左へ曲がっている中程あたりで足を止めた件《くだん》の町人が振り向いて、ひっそりとした笑いを漏らしたようであった。

坂道を急いで息をやや乱した美雪と菊乃を浄善寺の質素な造りと言ってよい小振りな山門が出迎え、その向こうの境内《けいだい》にしつらえられた野点《のだて》の席が主従の目にとまった。

境内は爛漫《らんまん》たる桜の木で埋まっていた。大勢の、けれども落ち着いたしっとりとしたざわめきが、主従の耳に伝わってくる。

二人は小声で交わし合った。

「菊乃。やはり遅れたようですよ。どう致しましょう」

「仕方がございませぬ。お殿様に幕府から大事なお客様が急にお見えになられ、美雪様も接客《せっきゃく》なされていたのでございますもの」

「幾つもの野点の席が用意されているようですけれど、私《わたくし》たちはどの席に参れば宜《よろ》しいのでしょう」

「先《ま》ず浄善寺の御住職らしき御人《おひと》か侶庵先生のお姿をお探し致しましょう。そうするようにと侶庵先生から、お教え戴《いただ》いているのですよ」

「ま、矢張《やは》り菊乃は頼りになりますこと。私はのんびり屋ですから」と、美雪は笑った。

「これでも私《わたくし》は亡くなられました奥方様の今際《いまわ》のお言葉に従いまして、大番《おおばん》頭《がしら》お旗本六千石の西条家の奥を取締る立場でございまするから、細心さと、ふてぶてしさを欠かす訳には参りませぬ」

「ふふふっ。判りました。では目立たぬように、ともかく今日を主催なされまする侶庵先生からお探し致しましょう。初対面となる浄善寺の御住職については、侶庵先生から幾日か前にお教え戴いた利園《りえん》様六十八歳というお名前とお年齢《とし》以外は、お顔も身形姿《みなりすがた》のご様子も判りませぬゆえ」

「そうですね。そう致しましょう」

主従は頷き合って、山門を入った所から木陰《こかげ》に隠れるようにして、土塀に沿い左手方向へ回ろうとした。境内の左手向こうに庫裏《くり》と覚《おぼ》しき古い建物が見えていた。

「皆さんがお揃《そろ》いになるまでは、私はたぶん庫裏に控えておりましょうから」

という師匠侶庵の言葉を主従は忘れていなかった。

だが数歩と行かぬ美雪と菊乃の背に、記憶の底にはっきりと残っている声が掛かった。周囲《まわり》を気遣ってか低く抑えた男の渋い声であったが、美雪と菊乃には綺麗に届いた。

「そちらじゃございません。ご案内致しやしょう」

えっ、という表情を拵《こしら》えて主従は振り向いた。

坂道で出会った着流しの町人態が思わぬ間近に立っていたので、菊乃はそれがこういう場合の自分の役目とばかり、美雪の前へ回り込むようにして盾《たて》となった。

「大番頭西条山城守《やましろのかみ》貞頼様のご息女《そくじょ》美雪様と御供《おとも》の方《かた》とお見受け致しやした。石秀流《せきしゅうりゅう》茶道お家元《いえもと》の侶庵先生が先程より、まだかまだかとお待ちでございます。さ、こちらへ」

「そなたとは先程、坂道の途中で出会いましたな」

と、菊乃は用心を解かぬまなざしを相手に向けた。

町人は「へい」と答えたが格別に謙《へりくだ》る様子もないので、相手を眺める菊乃のまなざしは用心を深めた。

「訊《たず》ねるが、そなたはどうして我らのことを西条家の者と判《わか》ったのじゃ」

「ご息女様の飾《かざ》り懐剣《かいけん》の柄袋《つかぶくろ》に刺繍《ししゅう》されておりやすご家紋が目にとまりやして、そうと判りやした」

「坂道で擦《す》れ違《ちご》うたときに、目にとまったと申すのか」

「左様で……へい」

「そなた、柄袋の家紋を、なぜ西条家の家紋と存知ておる」

「ここで問答を繰り返しておりやすと、尚のこと侶庵先生を待たせることになりやす。それに飾り懐剣は目立たぬよう、柄をもう一寸ばかし深めにお隠《かく》しなさいやした方が宜しゅうございやしょう。では、参りやしょうか」

町人は言い終えると、くるりと主従に背を向けて、さっさと歩き出した。

まあ無礼な、という表情を拵えた菊乃であったが、少し慌て気味に美雪に向き直って胸元に手を触れ、飾り懐剣を改めた。

美雪の視線は憑《つ》かれたように町人の背中を追っていた。

二

石秀流茶道の野点が御開きとなって穏やかな春の侘《わ》び寂《さび》を堪能《たんのう》した風流人たちが浄善寺の裏山門から引き揚げ始めたのは、午後《ひる》の日差しが西へ浅く傾き出した頃だった。表山門からは年寄りには辛い長い下《くだ》り坂が続いているというのに、裏山門を出ると桜並木の平らな参道が森の彼方まで真っ直ぐに延びており、したがってこの参道の片側には茶店や饂飩《うどん》、一膳飯屋《いちぜんめしや》、飴《あめ》売りなどが何軒《なんげん》も並んでいた。

なによりも驚かされるのは質素な小造りの表山門に比べて裏山門が真新しく立派な造りであることだった。

「これはまあ何と目映《まばゆ》い御門でありますこと。裏山門と申すよりはこちらこそ表山門でございますわね美雪様。いつの間に造られたのでございましょう。私は一向に知りませんでした」

参道に出て振り返り見上げた裏山門の重重しい姿に菊乃は目を大きく見張っ

た。「初重《しょじゅう》」にどっしりとした瓦屋根をのせ、「上の重」に唐破風《からはふ》・千鳥破風《ちどりはふ》のある荘厳《そうごん》な二層の楼門だった。楼門は中世以降の寺院に数多く見られる構えである。

「でも私《わたくし》は小振りだけれども表山門の質素な清清《すがすが》しい雰囲気が好きですよ。今日、ひと目見てとても気に入りました」

そう応じた美雪であったが、その視線は裏山門を捉えてはおらず、まるで何かを探し求めるかのように落ち着きを失っていることに、菊乃は気付いた。

「いかがなされましたか美雪様」

「あ、いえ。父上に何か買って差し上げようかと……このまま手ぶらで帰ってしまっては」

「でも西条家は直《す》ぐ其処《そこ》、ご近所の近さでございますよ」

「けれど菊乃……」

「判りました。では黒飴でも買って差し上げましょう。お酒好きのお殿様ですけれど甘い物もお嫌いではありませぬから」

「そうですね。そう致しましょう」

「飴屋がほれ、直ぐの所にございます」

と、背中の方角を指差された美雪は、余り気乗りしない様子で菊乃と肩を並べ飴屋に向かって歩き出した。

参道の桜の下のそこかしこでは風流人たちが、なごやかに立ち話をしていた。久し振りに野点で出会《でお》うた者同士なのであろうか。

「あら、菊乃殿ではありませぬか」

四十半ばくらいに見える明らかに武家の奥方と思われる上品な印象の女性《ひと》に声を掛けられて、「まあ奥方様、お久し振りでございます」と菊乃の足が止まり丁寧に深深と腰を折った。

美雪は見知らぬ人であったから、体を硬くさせてそのまま自然にゆっくりと菊乃から離れ、飴屋の店先に立った。夫に離縁されて生家《さと》に戻ってきたという引け目が手伝っていた。見知らぬ人でも特に同性の者と話を交わすことに、少し苦痛を覚えるようになっている。

狭い飴屋の中は野点を楽しんだ人たちと判る身形《みなり》の男女で混雑しており美雪は中へ入れなかった。

仕方なく菊乃の方へ視線を戻すと、余程に親しい相手なのか満面に笑みを浮かべて相手の話に応じている。

大番頭六千石西条家の奥を差配することを許されている菊乃は、今や二、三千石大身《たいしん》旗本家の奥方とほとんど対等に向き合ってもおかしくない立場だった。

とは言っても元元は、百俵取りの貧しい御家人の娘であったから、今の立場に思い上がることも作法を失することも無い苦労人で通っている。

ようやく相手との話をひと区切りさせたのか、笑みを鎮《しず》めた菊乃が美雪のそばにやって来た。

それまで菊乃の相手だった上品な印象の武家の奥方風は、今度は腰に小刀だけを帯びた老侍に呼び止められて、にこやかに挨拶《あいさつ》を交わし合っている。

「どちら様でいらっしゃったのですか菊乃」

「書院番頭お旗本四千石、笠原加賀守房則《かさはらかがのかみふさのり》様の奥方様です」

「ああ。年に二、三度、思い出したように父の許《もと》へ将棋を指しにお見えになる加賀守様の」

「左様でございます」

「あの方が奥方様でいらっしゃいましたか。それにしても菊乃のなんと顔の広いこと」

と、美雪は目を細め、口元をほころばせた。

「それはもう私《わたくし》はお殿様のご用で、若い腰元には任せられない大事な先へたびたび参りまするゆえ」

「そうでしたね。母が亡くなってからの菊乃には大きな負担がのしかかっていることは充分に承知している積もりです。とくに私《わたくし》が夫に付き従って江戸を離れてからは満足に相談できる相手がおらず大変だったことでしょう」

「でも今はすっかり馴れましてございますよ。ただ、大坂城目付という重い役職に就いて江戸を離れておられまする兄上様のお戻りを、菊乃は切に願っているのですけれど」

「こればかりは幕府の御用ですから致《いた》し方《かた》ありません。西条家の望みが押し通せるものでもありませぬから」

「はい。それはもう、よくよく判ってはいるのですけれど……」

菊乃と話を交わしながらも矢張り美雪の視線は時おりだが誰かを探し求めているかのように落ち着きがない。

「美雪様……」と菊乃が美雪の顔を少し覗き込むような素振りを見せた。

「はい？」

「いかがなされましたか。先程より何とのう上《うわ》の空《そら》のようなご様子を見せておられますよ」

「そのようなことはありません。さ、黒飴を買って戻りましょう」

「そうですね。店の中が大層こみ合っておりますから私《わたくし》が買って参りましょう。しばらく此処でお待ちになって下さい」

「ええ。あ、幾らあれば宜しいのかしら」と、胸元から財布を取り出そうとする美雪の白い手を、菊乃はやさしく押さえた。

「そのような御心配は、私《わたくし》の仕事でございますから」

「ふふっ。いつのことだったか、母からも一度、そのように言われたことがありました」

「この菊乃を奥方様だと、お思いになって下さいまし」

「思っております」

美雪が頷くと、菊乃は満足そうににっこりとして飴屋の中へ入っていった。

このとき美雪は、楼門を出たところで自分を小さく手招いてくれている茶道の師匠侶庵の姿に気付いて、頭を丁重《ていちょう》に下げてから小急ぎに飴屋の前を離れた。茶会の正式礼装の一つ、馬乗り仕立ての無地に近い細かな縞柄《しまがら》の「茜神代袴《あかねじんだいばかま》」が、大層似合っている師匠であった。

「いまだおられてよかった。是非《ぜひ》にも美雪様に見て戴きたいもの、お引き合わせしたい人がおりましてな」

と言いつつ侶庵は我が娘を迎えでもするかのように、近寄ってくる美雪に向けて両手をやや前に差し出して見せた。

むろんこれは侶庵が時に見せる侶庵らしい作法であって、相手の体に手先が触れることなど万が一にもない。

「供の者がいま黒飴を求めて飴屋に入っております」

美雪はそう言ってもう一度丁重に頭を下げた。野点を終えたあと、師匠には石秀流の教えに沿った挨拶をきちんと済ませているので、そのあとは肩の凝らぬ親しい者同士の接し様《よう》でよいのだった。それが侶庵の教えである。

「菊乃殿ですな。では此処で待ちましょう」

「飴屋が大変こみ合っておりましたゆえ、呼んで参ります。黒飴はべつに今日求めなくとも宜しいのですから」

「いや、よいよい。待つ、ということも茶道修行の一つです。待っておあげなされ」

と、にこやかな侶庵であった。

「恐れいります」と恐縮した美雪は、小柄だがいつもしゃんとして姿勢のよい師匠の年齢《とし》を知らなかった。六十を半ばは過ぎているだろうと眺めているが、もう随分と以前から少しも変わっておられないような気がしていた。

夫廣澤和之進の帰参に付き従って江戸を離れ駿河で生活した一年余は石秀流茶道からすっかり遠ざかっていたが、半ば一方的に離縁され悲嘆《ひたん》のまま生家《さと》へ戻ってほぼ九カ月。ふたたび師匠侶庵に師事することとなって、心の傷が癒《い》えはじめているとようやく感じる近頃の美雪だった。

「あ、出て参りました」

飴屋から出てきた菊乃を認めて、美雪の体が思わず二、三歩前へ動いた。

「おや?」という表情で辺りを見まわした菊乃であったが、直ぐに美雪に気付き、そばにいる侶庵に一瞬驚いて慇懃《いんぎん》に腰を曲げた。

「さ、参りましょうか。御住職の利園殿がお待ちじゃ」

「まあ、御住職様が……」

何事であろうかと美雪は考えたが、判る筈《はず》もなかった。

菊乃はまだ充分に近付いて来てはいなかったが、侶庵は気にする様子もなく足早に歩き出し、仕方なく美雪もそのあとに従った。

侶庵には、美雪の供としての立場にある菊乃を軽く扱うという思いなど、毛頭なかった。菊乃も石秀流を熱心に学ぶ弟子であり、大番頭六千石西条家の奥いっさいの差配を任されている点についても、侶庵はよく理解していた。

ただ、菊乃が美雪の勧めもあって侶庵に師事するようになったのは、西条貞頼の妻雪代《ゆきよ》が心の臓の病で急逝してから後《のち》のことで、したがってまだ半年ほどしか経っておらず、石秀流の触わり口を学んだ程度である。

野点に参加した菊乃ではあったが美雪の供という自覚を見失うようなことは

ないから、美雪の背に追いつき過ぎず、あざやかな隔たりを保って付き従った。

楼門から石畳を踏んで野点が行なわれた桜満開の境内に入るが、侶庵はその手前を右に折れて古い金堂を回り込んだ。

正面すぐの所にこれも古い庫裏の玄関が見えたから、菊乃は歩みを速めて美雪の背に追い付いた。すでに「従者としては控えるべき大事があるのやも」という苦労人菊乃らしい判断が働き出していた。

「美雪様、私《わたくし》は控えさせて下さりませ。よい機会ですから古色蒼然《こしよくそうぜん》たるこの浄善寺の隅隅を見て色色と学んでおきたいと思います」

菊乃の囁きに美雪の歩みが緩んだが、立ち止まるまではゆかず、

「判りました」

と振り向くこともなく頷《うなず》いた。

菊乃の足が止まって主従の間はたちまちに開いて、美雪の四、五間《けん》先を行く小柄な侶庵の後ろ姿が庫裏に消えていった。

美雪は庫裏へ一歩入ったところで振り返り、菊乃と目を合わせて微笑《ほほえ》み合っ

た。

言葉は交わさなくとも、それだけで美雪の気持は和《なご》んだ。従者である立場を常に忘れることのない菊乃を、美雪はこれまでに幾度となく哀れだと感じてきた。

菊乃は一度も嫁いでいない。独《ひと》り身を押し通してひたすら西条家に尽くしてきた菊乃を、これから先どのように処遇してやればよいのであろう、と思案に暮れることもある美雪だった。

父貞頼は将軍に近い幕府の要職にあって日夜多忙であり、兄貞宗《さだむね》も江戸から余りにも遠い大坂城の目付という重責の地位にあって、いつ帰参できるのかはっきりとしていない身である。

夫であった廣澤和之進に対しても時には思いを馳《は》せて、「一体全体藩内《かちゅう》で何をなさっていることやら」と、苛立《いらだ》った日も一度や二度ではない。

兄妹は貞宗との二人きりであるから、いかに菊乃が西条家の奥を取り仕切っているとは言っても、日常の実質的な責任は離縁され生家《さと》に戻ってきた一人娘の自分にある、と美雪は思っている。

小僧の姿も無い庫裏の長い広縁を、右手に庭を見つつ勝手知ったる我が家の如く進む侶庵が、「おや……」と立ち止まって振り向いた。どうやら付き従ってくる足音が二人のものではないと気付いたようであった。

「菊乃殿はどうなされましたかな」

「自分は遠慮した方がよいと判断したようでございます。それにはじめて野点で捉えた浄善寺の侘び寂の雰囲気に大層引かれましたようで、この機会に寺の隅隅を見て色色と学んでみたいと申しまして……」

「そうですか。それは結構なことです」

にこりともせずに言って侶庵はまた歩き出した。広縁は間《ま》もなくのところで尽きているらしいと、明るい庭の広がり具合が美雪に教えてくれた。

その広縁がようやく行き止まりとなり、侶庵が今度はやさしい笑顔で美雪を見て、「ほら……」と言わんばかりに庭を指差して見せた。

ただ侶庵の後ろに付き従っていた美雪にはまだ一本の柿の木しか見えていなかったから、足を急がせて師匠と肩を並べた。

「まあ……」と思わず美雪は息をのんで肩を少しすぼめた。

二人が佇《たたず》む広縁は鉤《かぎ》形に曲がった直ぐそこで尽きており、そこにさほど長くはない古い渡り廊下があり、その渡り廊下の先にこれもまた古色蒼然たる茶室があった。

「あれがそれこそ〝門外不出〟とまで伝えられてきた浄善寺秘宝の茶室『霜夕《そうせき》庵《あん》』でしてな、渡り廊下までが茶室に含まれています。もっとも茶道各派の家元たちの間では、この秘宝の存在だけは朧《おぼろ》気《げ》ながら知られておりました」

「門外不出の秘宝……とまで申しますことは、これまでどなた様に対しましても公《おおやけ》にはされてこなかったのでございましょうか」

「左様。その秘宝を今日これより、美雪様にお見せしたいと御住職が申しておられるのです」

「なぜにまた私《わたくし》にでございましょう」

「ははは、それは今に判りましょう。ところで普段この広縁はな美雪様……」

と侶庵はいま二人が歩いてきた広縁をゆっくりと振り返った。

「ご覧になられたように『霜夕庵』はこの広縁と渡り廊下で結ばれております

もので、この広縁のちょうど中程付近、御住職利園殿の居室の前あたりで、普段は誰も出入りが出来ぬよう頑丈な格子戸《こうしど》で塞がれて、庭からも回り込めぬようになっていますのじゃ。御住職とて月に二度しか出入りしてはならぬという歴代の戒律を厳しく守ってこられ、その折《お》りに『霜夕庵』の傷み具合を検《み》たり、その周囲《まわり》の清掃などを一人でなさるそうでしてな」

「門外不出とまで申される秘宝の茶室ゆえに、お掃除《そうじ》は、一人でなさるのでございますね」

「うむ。さ、参りましょうか」

侶庵に促された美雪は「はい」と応じ霜夕庵に視線を注いだまま歩き出そうとしたが、まるで金縛りにでも遭ったかのように不意に動きを止めてしまった。

しかしそれは、ほんの短い間のことであった。

「どうなされましたかな美雪様。ご気分でも？」

「あ、いえ……」

と、美雪の表情は直ぐに我れを取り戻したが、その頬《ほお》にはサアッと朱が走っていた。

侶庵よりも先に思いがけない人を美雪は認めたのであった。坂道で擦れ違った二十八、九に見えるあの着流しの町人。自分と菊乃を野点の侶庵の席が見える辺りまで案内したかと思うと、忽然《こつぜん》と消えてしまったあの町人。

背恰好が夫であった和之進によく似ているその人がなんと霜夕庵の貴人口《きにんぐち》から現われたのだった。それは極めて当たり前であるかのような自然な現われ方であった。そして、その人がこちらを見た。

なぜか美雪は、うろたえて熱くなる我が身を抑えられなかった。

三

「や、宗次《そうじ》先生……」

侶庵が町人に気付いて、穏やかに破顔した。

「美雪様をお見かけしましたので、お連れ致しました」

相手に「先生」を付した物静かで丁寧な侶庵の口調に、美雪は「え?……」

と訝《いぶか》しんだ。先方は見るからに機鋒精良《きほうせいりよう》にして凛《りん》たる印象だが町人態である。それよりも何よりも侶庵が二千石大身旗本の出であることを知っている美雪であった。その侶庵が霜夕庵貴人口から出てきた町人態相手に二歩も三歩も謙《へりくだ》っているような不自然さを覚えて、美雪は内心驚いたのだった。

「これはお世話をお掛け致しやした。和尚もお待ちでございやす。さ……」

侶庵を穏やかに促している言葉ではあったが、視線は美雪に注いでいる相手だった。

見つめられて美雪は頬の余りの熱さを鎮めることが出来ず、自分がいま何処に立っているのか次第に判らなくなってきた。

町人ごときに見つめられて、との腹立たしさが込み上げてこない訳でもなかったが、火消しの役には立たなかった。

「侶庵先生……あの」

救いを求めるようにして、美雪はか細い声を侶庵に向けた。

「はい。では参りましょう美雪様」

美雪の心の内に気付いたのか気付かなかったのか、侶庵はにこやかにこっくりと頷き、美雪を促して歩き出した。

と、町人が渡り廊下をこちらに向かって渡り出した。

たちまちの内に広縁が鉤形に尽きた渡り口で三人は向き合った。

(面立ちは違うけれど、体つきは和之進様にそっくり。背丈も……)

そう思って美雪は胸音《むなおと》の高鳴りに苦しんだ。矢張り自分は、我が体をはじめて女としてくれた和之進様にまだ想いを寄せている、忘れられない、のかとも思った。

だが、その胸音の高鳴りを打ち払ってしまうような、衝撃的な言葉が侶庵の口から出た。

「美雪様、この御方《おかた》が今、江戸のみならず京、大坂でも百年に一度出るか出ないかの天才浮世絵師と評され御所様(天皇)からも是非にとお声を掛けられておられます宗次先生です」

(あっ……)と上げかけた叫びを、辛うじて美雪は堪《こら》えた。

「存知上げている」どころではない相手だった。ほんの一月《ひとつき》半《はん》ほど前のことであったか。麻布《あざぶ》法膳寺《ほうぜんじ》の金堂横、修行道場で催された「宗次画五十点」の展示を、余りの前評判の良さに誘われて、美雪は菊乃をともなって鑑《み》に訪れていた。

そして浮世絵の手法を遥かに超越した繊細にして大胆な宗次の画風に目が眩《くら》むような陶酔感に見舞われたのだった。

ことも有ろうに、その天才的浮世絵師が目の前にいる。

侶庵が何事かを言い、宗次がこちらを見て頷きつつひと言ふた言あって軽く腰を折ったが、美雪にはもはや何も聞こえなかった。姿形《すがたかたち》が和之進様とうり二つの天才的浮世絵師……その思いだけがザワザワと頭の中を騒がせていた。

これでは失礼になり過ぎる、と美雪は焦った。

「あのう私《わたくし》……拝見させて戴きました」

初対面の挨拶も忘れた美雪はそれでも麻布法膳寺で鑑《み》た絵の一点一点を思い出しながらようやく切り出せた。

侶庵の話に相槌《あいづち》を打っていた宗次が、「はい？」と笑みを消して真顔を美雪に向けた。なんと凜凜《りり》しい面立ちだこと、と美雪は思った。

「麻布法膳寺での催しの五十点を、具《つぶさ》に拝見させて戴きました」

「ああ、あれ……」と宗次の真顔に笑みが戻った。

「あれは法膳寺の徳念《とくねん》和尚と、法膳寺を菩提寺《ぼだいじ》となさっておられる日本橋の老舗太物問屋《ふともの》『伊勢屋《いせや》』の御主人の熱心な勧めで催されたものでござんすよ。すでに多方面の皆様の手に渡っている軸画《じくが》中心の四十点を伊勢屋の御主人の信用でお借り致しやしてね。それに私《あつし》の手元《てもと》にある十点を加えて、大勢の人様に鑑《み》て戴きやした訳でして」

「大変な人出でございました。どなた様も酔いしれて同じ場所からなかなか動かぬものですから、私《わたくし》も供の者も容易には絵のそばに近寄れませず……」

美雪は自分が気持を高ぶらせながら一生懸命に喋《しやべ》っているのが判っていた。そんな自分を師匠侶庵が隣でさも珍しそうに見つめていることにも気付いていた。

美雪は自分の頬が染まっていることを意識しながら沢山を話した。

「そうでございやしたか。それほどご熱心に一点残さず鑑《み》て戴いたとは、描いた者と致しやしては誠に嬉しく思いやす。五十点の中で、これは是非に欲しい、と思った絵はございやしたか」

「はい。小雨降る池の畔《ほとり》で、小雀《こすずめ》と雨蛙《あまがえる》と蝗《いなご》が一本の落《お》ち穂《ぼ》を挟んで睨《にら》み合っている絵に心の隅隅が洗われて、とても欲しいと思いました。私《わたくし》も供《とも》の者も」

「ほほう、心の隅隅がねい。あの軸画は『伊勢屋』さんが死んでも絶対に手放さぬ家宝、とまで仰《おつしや》っている大のお気に入りでございやすよ。深川《ふかがわ》にある『伊勢屋』さんの寮へ招かれたときに、池のある大層広い庭先で偶然に見かけた光景でござんしてね」

「まあ、それでは実際に見かけた光景を絵に……」

「へい。私《あつし》の浮世絵風を下敷きにした花鳥風月画《かちようふうげつが》ってえのは、頭の中で考え出したものは少なく、山川草木《さんせんそうもく》の中で偶然見かけた光景を絵にしたものが多うございやす。おっと、御住職が『霜夕庵』でお待ちになっておられやす。そろそろご案内致しやしょう。こちらへ……」

言われて火照《ほて》った美雪の関心がようやくのこと、霜夕庵へ移った。

渡り廊下は中程で二段下がって、茶室の貴人口の框《かまち》の高さと合わさっていた。その貴人口の手前で、庭先へ下りるために更に二段下がっている。

「宗次先生。恐れいりますが美雪様に先ず《ま》茶室の周囲《まわり》を見て貰って戴けませぬか。私は御住職殿に美雪様をお連れしたことをお伝えするため先に茶室に入っております」

「承《うけたまわ》りやした」

宗次が庭先への階段を下り、侶庵は「美雪様それでは後《のち》ほど……」と言い残して貴人口の向こうへ静かに消えていった。

あらかじめ申し合わされていたかのように、階段の下には美雪のために真新しいと判る履き物が調《ととの》えられていた。

「お手をお貸し致しやす」

「はい」

二段目を下りたところで差し出された宗次の手に、美雪は素直に頼った。温かくて頑丈そうな手と腕だこと、と美雪は感じた。やや体を預け気味にしてしまったというのに、巨木の太い枝に頼ったかの如くびくりとも揺れない宗次の手と腕に、美雪の心はホッと和《なご》みさえもした。絵筆しか持たぬ御方《おかた》なのに意外、とも思えた。

美雪の足元が調うと、すうっと離れる宗次の手であった。

二人は内露地の飛石《とびいし》の上を、宗次が先に立ってゆっくりと歩み出した。

六つ七つ飛石を進んだ所に、美雪にも「額見石《がくみいし》」と判るものがあって、先ず宗次がその石の上に渡り立ち、またしても「お手をお貸し致しやす」と美雪に手を差し出した。

美雪は「はい」とその手に甘えた。その通り、かすかに甘えに似たような不可解なものが胸の片隅に芽生《めば》えているのに、美雪は自分でも気付いていた。

二人は狭い額見石の上に立って肩を軽く触れ合わせた。

「足元にお気を付けなせえ。踏み外さねえように」

「はい。気を付けております」

美雪の答えを待って、宗次の手が離れた。

六千石の大身旗本西条家にも茶室はあったから、美雪は額見石の役割をもちろん心得ている。

茶室の軒屋根に掲《かか》げられた扁額《へんがく》「霜夕庵」を美雪は頬を赤らめ目をやさしく細めて見上げた。扁額は筆墨《ひっぼく》を深く彫《ほ》り込んで漆喰《しっくい》でも詰め固めたのか、くすんだ古い額板に比して霜夕庵の文字は白くあざやかに浮き上がっていた。

　宗次が扁額を眺めながら訊ねた。

「失礼ながら、この古い茶室の謂《いわ》れをどの程度ご存知で？」

「いいえ何一つ存知ておりません。ほんの先程この茶室の存在を、浄善寺の門外不出の秘宝、と侶庵先生からお教え戴いたばかりでございます」

「なるほど。門外不出とは、さすが侶庵先生、いい表現を用いなさいやすね」

「こうして眺めましただけで、相当な年代を刻み、それでいて近寄り難い品の高さが備わったお茶室とわかります。修行足らずが判ったようなことを申し上げて恥ずかしいのですけれど」

「この『霜夕庵』は、四畳半茶道の祖として知られる村田珠光《むらたじゅこう》（応永《おうえい》三十年・一四二三～文亀《ぶんき》二年・一五〇二）が、一休宗純《いっきゅうそうじゅん》について禅の修行に入り、茶禅一味の極みに達した晩年に創建した、と伝えられておりやす」

　聞いて美雪は思わず息を止め目を見張った。自邸に茶室を有していることから、簡素な四畳半の茶室で枯淡《こたん》の精神《こころ》を大切とする侘茶《わびちゃ》を創出した村田珠光の名は、もちろんよく知っていた美雪である。

先の時代にこの村田珠光の存在がなければその後《のち》、侘数寄《わびすき》の茶道を大成させた千利休《せんのりきゅう》（大永《だいえい》二年・一五二二〜天正《てんしょう》十九年・一五九一）の成功はあり得なかった、とまで言われている「伝説的」な人物だ。

また、第百代後小松《ごこまつ》天皇（永和《えいわ》三年・一三七七〜永享《えいきょう》五年・一四三三）の皇子ではないか、と伝えられていた臨済宗《りんざいしゅう》の禅僧一休宗純（応永一年・一三九四〜文明《ぶんめい》十三年・一四八一）については、厳しい戒律で禁じられていた女犯肉食《にょぼんにくじき》を常としていたその風《ふう》狂奇矯《きょうききょう》たる生き方にいたく関心を持って、嫁ぐ迄《まで》の一時期研究したことがある美雪だった。

「では、あの扁額の霜夕庵の文字も、珠光翁《おう》がお書きになったものでございましょうか」

「いや、あの文字はいろいろな史料によりやして、一休宗純の筆跡じゃあねえかとほぼ突き止められておりやす」

「まあ、あの文字が一休宗純の……亡くなられてからすでに二百年近くが過ぎているのではございませぬか」

「その通り。よくご存知でいらっしゃいやすね。さ、少し急ぎやしょう。お手を……」

「……」

はい、と声に出しはしなかった美雪であったが、差し出された宗次の手をしっかりと握りしめた。

嬉しそうであった。嫁ぎ先を出された女性《ひと》には見えぬ可憐《かれん》な笑みがこぼれていた。

四

そこから先は四盤敷《しばんじき》が婦人《ふじん》の一歩に合う歩幅《わたり》を空《あ》けて敷かれていたが、その真四角な切石《きりいし》の四辺はやさしい丸みを帯びていた。それもこれも茶道の精神《こころ》を味わい学ぶために凝らされた工夫であったが、さり気ない注意を怠《おこた》ると運んだ足を滑らせかねない。しかも此処の四盤敷は縁《ふち》にびっしりと苔《こけ》を生やし、そのうえ四辺の寸法が小さめであった。

「足元に気を付けなせえよ美雪様。私《あっし》の手をうっかり放さねえように」

「はい」

と、今度は声に出してこっくりと頷く美雪だった。はじめて自分の名が宗次の口から出たことに気付いていないかのような、笑みあふれた一生懸命に明るい表情である。

一歩先に立って美雪の足元に気を配ってやりながら、宗次は静かな調子で言った。

「この『霜夕庵』の裏手、火灯口《かとうぐち》のそばに素晴らしい木立《こだち》がありやす。それを見て戴いてから茶室に入りやしょうか」

「木立……でございますか」

「へい。西条家の土塀越しに見える山桜に勝《まさ》るとも劣らぬ……」

「まあ……」

と、美雪は控え加減を忘れぬ驚きを見せながら、この御人《おひと》は西条家の前を往き来しながら書院桜に目を奪われておられたのだ、とその様子を勝手に拵えて胸の内に描いた。

「それにしてもお美しい。ご自分の好みで選び求められやしたか」

「え？……」

「お着物でござんすよ。小豆色《あずきいろ》の織万筋《おりまんすじ》に雪輪文《ゆきわもん》の大小を数えられる程に少なく上品に散らした江戸小紋、よく似合《にお》うていらっしゃる」

「宗次先生ほどの御人にお褒《ほ》め戴き、とても嬉しく思います。これは母が若い頃に着ておりました形見の着物でございます」

「形見……そうでございやしたか。おっと、気を付けなせえ」

少し足元をよろめかせ前のめりになりかけた美雪の体に、咄嗟《とっさ》の速さで宗次のもう一方の手がふわりと伸びて右の肩を支えた。

美雪は「あっ」と声が口からこぼれかけたのを堪《こら》え、自分の肩が夫に毎夜のように求められたことで女らしくやわらかくなり過ぎてはいまいかと、そちらの方が気になり小さくうろたえた。駿河から生家《さと》へ戻されてから、夜、湯殿《ゆどの》でひとり眺める乳房が娘の頃に比べてなんとのう豊かな張りを見せているように感じられ、そのことも気恥ずかしく思っている美雪だった。

このような体になってから離縁されるなら人の妻になどなるのではなかった、と自分勝手な和之進を恨《うら》めしく思う日が無くもない。

四盤敷を幾つか渡り、小丸竹を透き間なく木賊《とくさ》張りにした簀戸《すど》の手前で宗次の足が止まり、振り向いた。

「ここからは美雪様が前を行きなさるがいい。その先、勝手口を折れた途端《とたん》に目的のものが見えやすすから」

「はい」

二人は狭い四盤敷の上で位置を入れかわり、おたがいの手が離れて美雪は急に心細さに見舞われた。

「私《あつし》の手はこの辺りに備えておりやすから、安心して進みなせえ」

まるで心の内を見透《みす》かされたように両の肩に宗次の手が軽く触れたので、美雪はこみ上げてくる熱いものを抑えられなくなって、「申し訳ありません」と背中を縮めて思わず謝ってしまった。

なぜか和之進の顔が一瞬ではあったが目の前に浮かんで消えさった。

美雪は四盤敷の上をゆっくりと渡った。すでに宗次の手の気配は両の肩に無かったから、本当に後ろから自分を見守ってくれているのかどうか、（わざとよろめいてみようかしら……）という思いが脳裏を走った。

そのけしからぬ疑いの心を美雪は不快に思いながら、またしても和之進の顔を思い出していた。

娘の頃の自分は他人様《ひと》に対し邪《よこしま》な疑いの気持を抱くことなどは殆《ほとん》どなかった、矢張り人の妻となって而《しか》も離縁されてしまったことで自分は変わってしまったのだ、そう思うと打貫流剣術の使い手である和之進の男らしさに惹《ひ》かれて廣澤家に嫁いだ自分が哀れに思え、美雪は両の手でそっと胸をかき抱いてしまった。

「三つ先の敷石に立っての眺めが一番よござんす」

宗次に後ろから声をかけられて、美雪は三つ先の敷石を見たまま立ち止まってしまった。四盤敷には違いなかったが霰石《あられいし》のように小さくて四辺が丸みを帯びているため、女の足でも乗るかどうかだ。

「大丈夫……さ」

宗次の手が両の後ろ肩に遠慮がちな力で触れたのが判って、美雪は打貫流剣術に達者な和之進とは何かが決定的に違う、と思った。けれどもその〝何か〟がどういうものであるのか、よく判らない戸惑《とまど》いがあった。

「先ず左足から乗せるのが、よございましょう。敷石の右側縁《ふち》にほれ、苔が多うござんすからね。さ、渡りなせえ」

促されて美雪は頷き、一つ二つと渡って三つ目の敷石に体の平衡《へいこう》を失うことなく左足を渡らせた。

目の前の中空いっぱいに微《かす》かに薄緑色の白い花が展《ひろ》がったのは、このときだった。

その余りに壮大と言ってよい美しい花の展がりに美雪は感嘆の声も忘れ、ただ茫然《ぼうぜん》と立ち尽くした。

「この浄善寺では霞桜《かすみざくら》と呼んでおりやす。花弁は五枚で果実は丸く黒紫色に熟すなど山桜に似通っておりやすが別種でござんす。ご覧の通り高さ八丈以上にも育つ巨木でありやすが樹齢はよく判っていないそうで」

「霞桜……いい名前ですこと」

憑《つ》かれたように眺めながら呟く美雪だった。

「春を迎えて葉の芽が出るのとほぼ同時に花が開きやす。ですからこのように薄緑色がうっすらと混じった何とも言えぬ上品な白桃色《はくとういろ》になるのでござんすよ」

「白桃……白い桃色……なんとも心が洗われる色ですこと」

「まことに……ですが、この浄善寺の霞桜が見事なのは春の花よりも秋の紅葉《こうよう》でござんしてね、それはそれは楓《かえで》や七竈《ななかまど》なんぞ足元にも及びませんで」

「それほどの紅葉ならば、この霞桜も若《も》しかして『霜夕庵』と同じように浄善寺の秘宝でございましょうか」

「その通りでござんす。位置的にこの霞桜は境内の何処からも眺めることが出来やせんし、また公にされてもきやせんでしたから、まさしくこの寺の秘宝と言えやしょう」

「では宗次先生もこの霞桜の紅葉の美しさを、まだ一度として御覧になってはいらっしゃらないのでございますね」

「私《あっし》はこの浄善寺の御住職の依頼を受けやして、昨年の紅葉の時季に僧坊内『念誦《ねんじゅ》の間《ま》』の大襖《おおぶすま》に霞桜を描かせて貰いやした。したがいやして下絵取りと色工夫のため、殆ど毎日、昼九ツ半(午後一時)頃にこの位置に立って半刻《はんとき》ばかり眺めておりやしてね」

「昼九ツ半頃に、でございますの」

「へい。その刻限に、大枝を四方に張っている霞桜全体に日が当たりやして、それはもう名状し難いほどの美しさで、思わず息をのむ、なんてぇ程度のものじゃあございんせんで」

「宗次先生。その襖絵を是非にも美雪にお見せ下さりませ。お話をお聞きしているだけで、見てみたいという気持が抑えられませぬ」

「よございますとも。御住職に声を掛けてから御覧になって戴きやしょう。さ、そろそろお茶室の方へ参りやしょうか」

「はい」

美雪は晴れやかな表情で、狭い敷石の上で体の向きを戻そうとし、なに気ないかたちで宗次に右の手を差し出した。

が、それよりも先に宗次の手が求めるようにして、美雪の白い手を取っていた。お互いに自然で、なめらかな所作《しょさ》であった。

「それに致しましても先生……」

美雪は足元を宗次に見守られながら敷石を渡りつつ、声を控え目にして静かに訊ねた。

「私《わたくし》は今日、何故《なにゆえ》このように貴重なお茶室へ、突然に招かれることになったのでございましょうか。侶庵先生からは何もお聞きしておりませぬゆえ、いささかの不安がございます」

「それについては、お茶室に入れば御住職と侶庵先生から詳しくお話がありやしょう。べつに不安を覚えなくともよございやす……足元、お気を付けなせえよ」

と、穏やかに返して宗次が微笑んだ。

美雪は自分の手が必要以上に強く宗次の手を握り返してはいないか、と気になっていた。霞桜の紅葉の美しさに心を浸《ひた》らせる程の御人なら、自分のちょっとした図図《ずうずう》しさとか無作法で見損なわれたりするかも知れない、と心配を覚えたりもした。

(少し手を緩《ゆる》めてみましょう……)

美雪は自分に言い聞かせてみて、このような気持の揺《ゆ》れ方《かた》は夫から離縁された女が自信をなくしてしまったことの証《あかし》であろうか、と思った。

美雪は宗次の手を握り返している自分の五本の指から少し力を抜いてみた。

その拍子《ひょうし》に油断が美雪を襲った。

次の敷石へ左足を運んだ草履《ぞうり》の裏が苔を踏んでいた。

刹那《せつな》、するりと滑った左足が体全体を後ろへ浮き上がらせて、敷石で頭を打ったときの様《さま》が稲妻となって脳裏を過《よ》ぎり恐怖が美雪を貫いた。

飛び散る血の色までも見えるではないか。

だがその恐怖はすぐに消えさり、代わって美雪は決して小柄ではない自分の体が宗次の両腕の中でほぼ真横に抱《だ》き抱《かか》えられているのを知った。まぎれもなく自分の両の足は地面を離れている。

それは美雪にとって驚き以外の何ものでもなかった。夫であった和之進にさえ横抱きにされたことのない体である。

「申し訳ございません。不注意でございました」

うろたえ顔を赤くして美雪は地面に下ろされたときの身繕《みづくろ》いを、胸の中《うち》で調《ととの》えた。

けれども宗次はそれには答えず、そのまま美雪を抱《だ》き抱《かか》えて渡り廊下の方へと歩み出した。

美雪にとって二つ目の驚きはそのことだった。宗次の両の腕が自分を苦もなく軽軽と抱えているらしいのが判ったし、一人の大人の女を抱えていることの負担がその歩みからも全く感じられなかった。

美雪は明らかに和之進とは違い過ぎる〈男〉をそこに感じた。和之進なら、私を横抱きにしてこれほど揺らぐことなく悠然と歩むことは出来なかったのではないか、とさえ思った。

(天才的浮世絵師と評されていらっしゃるこの御方《おかた》は一体……)

と、考えかけたとき耳のそばで、

「下ろしやすよ。私の肩《あつし》に手をまわして、そっとお立ちなせえ」

と宗次が囁いてくれ、美雪も「は、はい」と小声で応じた。宗次の囁きは茶室の中の利園と侶庵に聞かれぬための気配りであろうと、すぐに判った。

渡り廊下の階段口にそろりと立たされた美雪に宗次がまだ手を放さずもう一度囁いた。

「足首を挫《くじ》いてやいませんかえ。痛みは?」

「大丈夫でございます」

「よござんした」

と安心したように頷いた宗次が漸《ようや》くのこと美雪から手を放して、ゆっくりと背中を向けた。

美雪は、大丈夫だと思わず答えてしまった自分の〝配慮の無さ〟をたちまち後悔して、渡り廊下の階段を上がろうとする宗次の後ろ姿に未練を覚えた。自分でもはっきりそれが未練だと判ったから、そのあと収まりの付かぬうろたえが襲ってきた。

五

茶室の南側に設けられている貴人口を、美雪は宗次の後に続いて、しかし少し間を空けて入った。侶庵の直弟子であることの自覚を常日頃から失ったことのない美雪であったが、住職利園は今日の野点ではじめて師匠から紹介された人だけに、貴人口を潜る体に痛いほどの緊張を覚えた。

なにしろ茶道の祖といわれる伝説的な人物村田珠光が創建の茶室にいま一歩を踏み入れたのだ。しかも躙口《にじりぐち》からではなく、珠光を慕《した》う幾多の高貴な方々が潜ったであろう貴人口からである。

「や、美雪様。『霜夕庵』の外まわりを充分に御堪能くだされましたかな」

北向きの下座つまり点前座《てまえざ》に正座をしていた住職利園が、貴人口を潜ったばかりの美雪に、にこやかに語りかけた。

貴人口と向き合うかたちの南向きの床の間そばに座っていた侶庵に目と頷きでやさしく促された宗次が先ずその隣に座し、それを待つか待たぬかの静かな流れのなかで美雪も末の席に座って利園に向け綺麗な作法で御辞儀をした。

「和尚様。本日は私《わたくし》のような未熟なる者に大変学ぶことの多い秘宝のお茶室を鑑賞する機会をお与え下さいまして心から感謝申し上げます」

「で、いかがでしたかな。『霜夕庵』を先ず外側から眺めての御感想は」

「はい。深く心を打たれましてございます。入母屋造《いりもやづくり》こけら葺《ぶき》で妻を南に向け、また西流れの片屋根を組み合わせたその風雅《ふうが》にして寂《さび》の充《み》ちましたる姿《すがた》形《かたち》はさながら数百年の時を超えて甦《よみがえ》ったかのような、峠の茶屋を思い浮かばせまする」

「おう、峠の茶屋とな美雪様。さすが大番頭六千石西条山城守様の御息女。いい見方をなされまするな。峠の茶屋、お見事です」

「恐れいります」

「では露地を歩いてみての、感想についてお訊ね致しても宜しいかな」

「古くとも気高《けだか》さを失っておりませぬ宝珠柱《ほうじゅばしら》を持つ渡り廊下によって外露地との間をさり気ない清浄さで仕切られておりまする内露地は、思わず息をのむやさしさで四盤敷を並べているようには見えますけれど、いざ歩いてみますると厳しい工夫が凝らされていると判りました。上手《うま》く表現できませぬけれども、油断して武芸者の気配りを見失いますれば四盤敷により足元を奪われると知りましてございます」

「なに武芸者の気配りとな。これはまた、なかなかな表現じゃ。そうは思われませぬか侶庵殿」

「いかにも……」

と、頷いた侶庵もまた穏やかな笑顔であった。宗次は黙したまま姿勢正しく表情を静かに保っている。

利園がさらに訊ね美雪が答えた。

「で、油断はございましたのかな美雪様」

「はい。むつかしい足運びを宗次先生のお導きに幾度とのう救われましてございます。けれども、そのむつかしさを超えて漸くのこと辿り着きました爛漫《らんまん》たる霞桜の余りに美しい華やかさにはむしろ究極の侘《わ》びを覚えまして衝撃を受けましてございまする」

「ほほう……」

と利園がそれまでの笑みを消して真顔を拵えた。

侶庵も同様であったが、ここで宗次の口元にひっそりとした笑みとまではゆかぬ緩みが生まれた。

四人の間に沈黙が漂ったが、しかしそれは長いものではなく、侶庵の言葉へと受け継がれた。

「昨年の秋、宗次先生は僧坊内『念誦の間』の大襖に紅葉する霞桜をそれはそれは見事に描かれましたが、『余りに美しい華やかさにはむしろ究極の侘びを覚えました』という今の美雪様の見方について、宗次先生は如何《いかが》思われまするか」

「よくぞ見抜かれたものと感じ入りました」

「見抜かれた……と申しますと？」

「さながら『霜夕庵』を見守るかのように逞《たくま》しく四方へ枝を張っております あの霞桜は、美しさ、華やかさ、力強さの三拍子を常に『表《おもて》』と致しておりますが、秋の紅葉が半ばを過ぎましたる頃になりますと、眺める者の胸を打つ侘びを次第に放ち出します。それをまだお知りにならぬ筈の美雪様が、春の霞桜を心を静めて眺めることで秋に訪れる侘びの姿を読まれたのではないかと」

「おおっ……」

と、住職利園が小さく膝を打って、「してやったり……」とも取れる笑みをたちまち顔いっぱいに広げ目を細めた。

ところが美雪は「いいえ」と小さく首を横に振って恥ずかし気に微笑んだ。

ここにきて美雪の気持は、ようやくいつもの落ち着きを取り戻していた。

「霞桜の秋の紅葉の素晴らしさにつきましては、宗次先生がお教え下さいました。燃えるが如く美しい紅葉は、でも厳しい冬の訪れの前ぶれでございましょうから、真紅《しんく》の色から枯れ葉色へと盛りが過ぎるにしたがいまして次第に何とも言えぬ侘び色に包まれてゆくのではないかと勝手な想像を致したのでございます。宗次先生のお教えがなければ、とてものことその想像さえも出来なかった私《わたくし》でございました」

「なるほど、左様でしたか」

「ところで和尚様。ひとつお訊《き》き致したいことがございます」

と、しおらしく奥ゆかしい口調を乱すことのない美雪であった。

「何なりと……」

「この『霜夕庵』は四畳半茶道の祖として知られる村田珠光翁の創建と伝えられている、と宗次先生からお教え戴きましたけれど……」

「はい。そう伝えられており、また珠光翁にかかわる幾つかの文書も経蔵《きようぞう》の奥深くから見つかっております」

「その珠光翁でございますけれど、翁の生涯は殆ど室町幕府八代将軍足利義政《あしかがよしまさ》公の生涯と重なり、つまり京《みやこ》の東山《ひがしやま》文化が絢爛《けんらん》と花開きました頃に京都下《しも》京四条《ぎょうしじょう》あたりに居を定めて活動なされた御方《おかた》と私《わたくし》は学んで参りました。その御方が何故《なにゆえ》に京《みやこ》より遥かに遠いこの江戸に『霜夕庵』を創建なされたのでございましょうか。当時の江戸と申せばまだ獣《けもの》が我《わ》が物顔《ものがお》の未開の地のような所であった筈でございます」

「珠光翁は、足利義政公の権力と東山文化の影響が、いずれ鎌倉《かまくら》から江戸にかけて広まってゆこう、と読まれたのでしょう。その時こそ自分の茶道は足利の世にとって真に不可欠なものとされる、とも考えられたに相違ありません」

「侘《わ》び寂《さび》を本道とすべき茶道でありまするのに、好むと好まざるとにかかわりませず権力者を必要とせねばならなかったのでございましょうか」

「いや、権力者が己れの〝人づくり〟のため、あるいは〝精神《こころ》づくり〟のために、その手段を茶道に求めたと言うべきかも知れませぬよ。それゆえ茶道は常に権力に取り込まれる危険を有していたと申しても、決して言い過ぎではありますまいな」

「あ、その取り込まれた結果の悲劇こそが後の世で生じた……」

「はい。千利休翁の悲劇です。利休翁は豊臣秀吉《とよとみひでよし》の権力の下《もと》で揺るぎなき茶匠の地位を確立し、そして余りにも権力の奥深くにとどまって政治に触れ過ぎました。権力や政治と一線を画して、心静かに侘び寂茶の本道に徹しておれば、利休翁の切腹斬首（天正十九年・一五九一年）という悲劇は恐らく訪れなかったでしょう」

「それに致しましても茶匠に対して死を命じた豊臣秀吉とは、恐ろしい御人《おひと》だと思いまする」

「いや、私は茶人である立場を疎《おろそ》かにして政治に深くかかわり過ぎた利休翁にこそ、大きな油断があったと思っております。長くお付き合い下さっている侶庵殿などは茶匠のお立場を実に大切になされ、大身お旗本の御身分であることをおくびにも出されない。実に御立派な御方だと思っています。のう、侶庵殿」

「いやいや、私《わたくし》はすでに家督を倅《せがれ》に譲って隠居の身でありまするから、茶道に徹する気持の余裕があるだけのことです」

侶庵が穏やかに言って笑い、利園が「なんのなんの、まことに御立派ですよ侶庵殿は……」と首を小さく横に振ってから、真顔になって美雪と目を合わせた。

「さて、美雪様を此処へお招きした本題に入らねばなりませぬな。実は美雪様。私と侶庵殿が共に親しくお付き合いしている、然《さ》る大身の御方から今日までに幾度となく頼まれたことがございましてな」

「私《わたくし》にかかわることでございましょうか」

「はい。言葉を飾らず単刀直入に話の結びから先に申し上げましょう。美雪様のお姿を是非とも軸画にして床の間に飾りたいと、その御方は強く御所望なのです」

「え……」

美雪は考えもしていなかった言葉が利園の口から出たことに驚き、思わず隣の宗次の横顔をうろたえ気味に眺めた。

が、宗次は黙して語らずの穏やかな表情を利園に向けたままだ。

美雪は、自分が宗次から急に関心を失われたかのような寂しさと心細さに見舞われ、利園に対し、どのように答えてよいのかも判らなかった。自分は夫に離縁された女、という引け目だけが自分の意思とは関係ないところで勝手に膨らみ出していた。

「あのう、その大身の御方と申しますと……」

「それでは和尚殿に代わって私から申し上げましょうか」

と、背丈五尺七寸余で姿勢正しく正座をする宗次の陰となって、美雪の位置からはその横顔が窺《うかが》い難《にく》い侶庵が、少し前にするりと出て美雪と視線を合わせた。

気を利かせた宗次が姿勢を崩すことなく幾分退がって、侶庵と美雪の師弟は充分にお互いの表情を見てとれた。

「美雪様の軸画を何としても、と強く御所望なさっておられるのは、御側御用人《おそばごようにん》の支配下にある御側衆《おそばしゆう》七千石本郷甲斐守清輝《ほんごうかいのかみきよてる》様の御嫡男清継《きよつぐ》様です」

聞いて美雪は体に震えがくる程の怯《おび》えにたちまち縛られてしまった。自分のような「出戻り」が何ゆえにそのような大家の御嫡男に、軸画とは申せ望まれたのかと大きな不安が音を立てて押し寄せてくる。

美雪の父西条山城守貞頼は老中支配下大番頭六千石の、押しも押されもせぬ旗本の大家であり、御側衆本郷家との禄高《ろくだか》差は僅《わず》かに千石。

旗本の家柄もここまで大家となると、禄高千石の差そのものは余り意味を持たない。

だが、美雪が不安に押し潰されそうになったのは、夫に離縁された女という引け目ばかりではなかった。

本郷家の「御側御用人」麾下《きか》御側衆という地位に、少なからぬ恐れを覚えたのだ。

大番頭西条家と同じく老中支配下にある「御側御用人」の、将軍側近の筆頭とも言えるその役職は老中並待遇であって、将軍と日日直接に向き合う機会が多く、そのため老中、若年寄と雖《いえど》もその威風の前には頭が上がらなかった。

この「御側御用人」は、その配下に八名いる御側衆の中から選ばれることとなっており、したがって御側衆もまた老中並の威風堂堂たる存在だった。

美雪はやや眉をひそめ気味に侶庵に訊ねた。

「侶庵先生。私《わたくし》は本郷家の御嫡男清継様はもとより、ご家族の方方を一向に存知上げませぬが、先方様は一体どのような事情で私《わたくし》の軸画をお求めなのでございましょうか」

「美雪様は旗本大家のご息女でありながら、ここ最近、自らの手で屋敷まわりを掃き清めなさることがおありでございますな」

「あ、はい。雑用を腰元や下女任せにはせず、なるべく手伝うようには致しております」

駿河で夫に離縁されて生家《さと》へ戻って来た遠慮の身が、それをさせていると判っている美雪である。父や腰元頭の菊乃に対しては然程《さほど》でもなかったが、若い腰元や下女に対しては何とのう肌に痛みを覚える遠慮があって息苦しかった。

家臣と目を合わせることにも辛さが無くもない。なにしろ六千石の旗本大家ともなると、軍役規則上の家臣は小者も加えると凡《およ》そ百三十名にものぼる。

侶庵がいたわるような眼差《まなざ》しを拵えて訊ねた。

「屋敷まわりを掃き清めなされているとき、見知らぬ二十六、七歳くらいの若侍に二、三度声を掛けられたことがありませなんだか」

「二度でしたか、ございました。よく覚えております。一度目はこの屋敷のご息女か、と声を掛けられ、二度目は名を訊ねられました。身形から怪しい人物ではないと判り、美雪でございますとお答え致しましたけれど」

「その若侍が本郷甲斐守清輝様の御嫡男、清継様なのです」

「まあ……でもお顔はよく覚えておりませぬが……」

「加えて申さば、本郷家の菩提寺はここ浄善寺でしてな。清継様はご生母を病気で亡くしておられ、ときおりの墓参の途中で美しい美雪様をお見かけなされたということなのです」

「それだけのことで私《わたくし》の軸画がほしいなどと……」

「要するに清継様は美雪様をひと目見て、お気に召されたのでしょう。心惹かれたのだと思います。この人こそ自分の理想の女性《ひと》であると」

「困ります。迷惑でございます侶庵先生。軸画の件、おことわりして下さいませ。私は駿河で夫廣澤和之進から一方的に……」

美雪がそこまで言ったとき、侶庵が「およしなされ……」と囁きを漏らして右手を軽く自分の胸の高さに上げて見せた。それで口を噤《つぐ》んでしまった美雪は、視線を落としてうなだれるしかない。

目を細めて「うん」と頷いてみせた侶庵がやさしい口調で、まるで我が娘に対するような表情で言った。

「判りました。清継様へは私からおことわり致しておきましょう。美雪様の同意を戴ければ次にお父上西条貞頼様にお話をしてご承諾を頂戴したいと思うておりましたが、この話、これで終りと致しましょう」

「申し訳ございませぬ」

「いやなに。美雪様が謝ることなどありませぬよ。だが軸画を描いて戴くつもりであった宗次先生にとっては、少しばかり残念でありましたかな。ははは
っ」

侶庵は明るい笑顔で話を締め括《くく》った。

「え、それでは宗次先生が私《わたくし》の軸画の絵筆を……」

と、美雪は少しまごついた眼差《まなざ》しで宗次の横顔を見つめたが、宗次はそれには答えず利園に向かって淡淡とした様子で話しかけた。

「これより美雪様に、僧坊内『念誦の間』の大襖に描かせて戴きやした紅葉する霞桜を見て貰いやして、そのあと私《あっし》がお屋敷までお送り致しやす。それでよございますか和尚様」

「ええ、結構でございますとも宗次先生。ゆっくりと紅葉する霞桜を美雪様に

見て貰ってください。何《なん》ならそのあと、お二人揃ってこの浄善寺自慢の精進《しょうじん》料理でも食べてゆきなされ」

ゆったりとした利園の言葉のあとを、侶庵がつなぐようにして言った。

「それでは菊乃殿には、お屋敷へひと足先に帰って戴くのが宜しいでしょうかな。私が伝えて参りましょう」

立ち上がった侶庵に対し、ホッとした綺麗な表情に戻った美雪が「よろしく御願い致します」と、三つ指をついて頭を下げた。このとき美雪は、小さくときめき出した自分の胸の内のさざ波に、まだ気付かないでいた。

六

精進料理を馳走《ちそう》になった宗次と美雪は庫裏を出て金堂の西側を抜け、境内の中央をまっすぐ南北に走っている石畳の参道を共に黙ってゆっくりと歩いた。

皓皓《こうこう》たる満月の夜であった。

美雪は、精進料理を馳走になっていたときから宗次が黙りがちであることに、むしろ心のやすらぎを覚えていた。あれこれと話しかけられたり訊《き》かれたりしておれば、出された精進料理はおそらくほとんど喉を通っていなかったであろうと思った。

石畳の参道は一町（約百十メートル）ばかり行った「龍《りゅう》の松」と呼ばれている枝振り見事な古木のところで西と東の二手《ふたて》に分かれている。東へ足を向ければ表山門であった。

古木の手前で足を止めた宗次が夜空の満月を仰《あお》ぎ見て、ようやく口を開いた。

「裏山門を出れば道はなだらかで月明りのもと足元もよろしゅうござんすが、お屋敷まではかなり遠まわりとなりやす」

「かまいませぬ」

と、美雪は自分でもびっくりするほど即座に答えていた。

「では裏山門から出ると致《よ》しやしょう」

と、月を眺めるのを止して宗次は西へ向け歩き出していた。女の足を気遣《きづか》ってか穏やかな歩調であった。

「申し訳ございませぬ。自分勝手を選んでしまいました」

「なにがです？」

「絵仕事でお忙しい宗次先生のことを思えば、足元が悪くとも近道である坂道を選ぶべきでございました」

「それは考え過ぎ、というものでござんすよ。考えも過ぎると疲労《つかれ》がたまってゆきやす。大身旗本家のご息女にふさわしく、もう少しお威張《いば》りなせえ。その方がお美しい美雪様には、似合っていなさる」

「威張るなど、とうてい私《わたくし》には出来ませぬ」

「どうやら美雪様は不自然なほど、自分というものを抑えていなさいやすようで……」

「不自然なほど自分を……でございますか」

「へい。今日という日のほぼ一日、美雪様のおそばに居させて戴きやして、なんとのうそう感じやしてございやす。間違っていたら、お許し下さいやし」

「では、私《わたくし》のことをどこか見苦しい女、と眺めておいでだったのでしょうか」

「ほら。出やしたね。それでござんすよ美雪様。もうちっとご自分に自信というものをお持ちなせえ。静かな自信とでもいうものをね。なにしろ美しさも、知性教養も、お家柄も大《てえ》した御方《おかた》なんでござんすから」

「でも 私《わたくし》……」

美雪は立ち止まり、足元に視線を落としてしまった。涙がこみ上げてきそうだった。一、二歩先にあった宗次も足を止めたが、振り向かない。

「涙目《なみだめ》で歩きやすと、石畳の角《かど》などに爪先《つまさき》を引っ掛けて危のうございやす。私《あっし》の袂《たもと》を摑《つか》みなせえ。さ……」

宗次に促されて「はい」と美雪は間を詰め、宗次の着流しの左袂を握った。とたん、目元から涙がひとすじこぼれ落ちた。

二人は明るい月明りの下を、黙ったまま再び歩き出した。

いつだったか別れた和之進とも月明りの下をこうして並んで歩いたこともあった、と美雪は思い出した。和之進との色色を思い出すと、なつかしく切なくて仕方がない。

宗次と美雪は、宏壮な造りの裏山門の下を潜り出た。

と、後ろの方から控えめに撞《つ》いているなと判るやわらかな鐘の音が追いかけてきて、美雪の脳裏に野点の茶席から眺めた古い鐘楼《しょうろう》の姿が甦った。

「あのう、宗次先生……お訊ねしても宜しいでしょうか」

「なんなりと」

「私《わたくし》と供の菊乃は今日、浄善寺の表山門に通じます坂道の途中で、はじめて宗次先生にお目に掛かり、そして擦《す》れ違《ちが》いました」

「へい。仰います通りで……着流しの身形の私《あつし》は茶会に招かれた訳ではありやせんし、それに私《あつし》はあのように堅苦しい集まりは大の苦手《にがて》。『念誦の間』の霞桜に色褪《いろあ》せが生じていないか検《み》に行ったその帰り道で、美雪様と擦れ違ったという訳で」

「擦れ違って坂道を下りて行かれたその宗次先生が、私《わたくし》と供の者の前へわざわざ引き返してこられたことが、とても気になっておりました」

「強く惹《ひ》かれたからでござんすよ」

「え？」

「美人画を好んで描いてきた浮世絵師として、擦れ違った美雪様の落ち着いた不思議な美しさに、どうしようもなく惹かれやしてね。それで引き返しやした」

美雪は宗次の着物の袂《たもと》を、思わず強く握りしめていた。

「まあ……」

「美雪様にも見て戴いた通り、幸い『念誦の間』の絵に色褪せは生じてはいやせんでした。色褪せの点検についちゃあ、念のため御住職と侶庵先生お二人の目もお借り致しやしてね。実はその『念誦の間』で私《あつし》は、美雪様と供の方が訪れなさる予定であることを御住職から聞かされたのでござんす」

「では、本郷清継様の軸画の件も？」

「へい。侶庵先生と御住職お二人の口からは、相手の御方は私《あつし》が描いた軸画を強く望まれている、と告げられやした。しかし、美雪様がこれほどお美しい女性《ひと》であるとは、侶庵先生も御住職も仰っては下さらなかった。意地悪なお二人だい」

言い終えて低く笑った宗次の袂を、美雪はまた強く握りしめていた。

人の妻ではなくなった身とは申せ、夜中このような自分の姿様子《すがたようす》は許されるのであろうか、という後ろめたさが胸の内から生じてきたから、美雪は夫であった人の顔を瞼《まぶた》の裏に思い浮かべようとした。

けれども廣澤和之進の顔は、名だけ知る全く見知らぬ男であるかの如く、霧で隠されたように瞼の裏に現われなかった。

「宗次先生……」

「ん？」

あ、私《わたくし》の今の言葉は宗次先生に少し甘えている、と美雪には判った。年甲斐も無い恥ずかしさよりも、なんとない嬉しさが心の端でことこと音を立てている、と美雪は気付いた。

「私《わたくし》、駿河の地で夫から一方的に離縁されていま生家《さと》に戻らされ……」

「存知ておりやす」

美雪に皆まで言わせることなく、さらりと答えた宗次であった。

え、どうして知っているのですか、と訊きたい気持を美雪は抑えた。すでに知ってしまっている宗次先生にそれを訊ねることに、さしたる意味も価値も無い、という判断が素早く働いたのだ。

むしろ「知られていた」ということで妙な安堵《あんど》感に包まれていく自分が急に

見えてきていた。

「寒くありやせんか。春爛漫だといいやすのに、今夜はなんだか冷《ひ》えやす」

「私《わたくし》は大丈夫です」

「手が冷《つめ》てえようなら、構わねえから私《あっし》の袂へ入れなせえ」

「そういえば先程から手は少し冷《つめ》たく感じております」

「だから遠慮しねえで。袂へ入れてよござんすから」

「はい」

美雪は、べつに冷たくはなっていない右の手を、宗次の着流しの袂に入れた。

掌《てのひら》がすぐに男の体温を感じて、美雪は和之進に夜求められたときの男の肌の熱さを昨日今日《きのうきょう》の記憶のように手繰《たぐ》り出した。

「とても温《あたた》かです先生」

はしたない響きになりはしまいかと迷いながら、美雪は呟くように言ってみた。

「そうですかえ」

美雪は袂の中へ入れた手で、その袂を体重をかけぬように用心しながらしっかりと握りしめていた。

夫でない若い男とこれほど身近に肩を並べて歩くのは、美雪にとってはじめてのことだった。しかも自分の右の手は、男の袂の中に入っている。

このような行為は、不謹慎という言葉の対象になるのであろうか、と美雪は考えてみたが、判らなかった。

人ひとり通らぬ月下の参道が、彼方の森に向かってまっすぐに延び、その道先が剣の先のように細く尖《とが》って見えている。

ときどき桜の並木が夜風に揺れてざわざわと鳴り、月明りのなか青白く見える花を散らした。

「静かな道ですねい。怖くありやせんかい」

「宗次先生がそばにいて下さいますから」

「半町ばかり先を左へ折れやしょうか。狭いが緩《ゆる》い、いろは坂になっておりやす。ご存知ですねい」

「いいえ。屋敷から然程《さほど》離れておりませぬのに、私《わたくし》はこの浄善寺周辺の地理にあまり詳しくありません。滅多に外歩きを致しませぬゆえ」

「ご自分がお生まれになった江戸なんだ。これからはご自分の足で出歩いて、あちこちらを確《しっか》りと覚えなさるが宜しゅうござんすよ。武家社会の外側の見聞《けんぶん》が広まりやしょうからねい」

「はい。心してそう致します」

「浅草《あさくさ》へは?」

「まだ一度も訪れたことがございません」

「なんとまあ」と、宗次が苦笑を漏らし、美雪が何とは無しに肩を落としたとき、流れ雲が急に月を隠してあたりがたちまちのうち濃い闇と化した。

七

濃い闇と月明りが入れ代わり立ち代わり訪れるなかを、美雪は遠慮がちに宗次に寄り添うようにしていろは坂を下りながら、ついこの間まで人の妻であった自分が今、どのような表情をしているのか読めるような気がして気を重くしていた。

そして、その気の重さと表情とがおそらく正反対と言っていい程に違ってい
るであろうことも大凡《おおよそ》判っていた。
（案外に近頃の私《わたくし》はふしだらな精神《こころ》の持ち主になってしまったのかも……）
と、美雪は疑い怯えた。もしそのように陥ってしまっているならば娘時代の初《うい》
初《うい》しさを、人の妻となって夫である廣澤和之進に日夜自由にされ、「女」にな
ってしまった事が原因であろう、と思いたかった。
「何を考えていなさいやす」

坂道を下り切ったところで、つと足を止めた宗次が、前を向いたまま静かな
調子で訊ねた。
「あ……」と、美雪は即座には答えられずうろたえてしまった。月は雲から出
て辺りは木立の枝枝までもがよく見える皓皓《こうこう》たる明るさである。

意地悪な月だこと、と美雪は力なく肩を落としてしまった。闇がもう少し長
く続いておれば宗次先生に心の中を見透かされることなどなかったであろう
に、と物悲しさが込み上げてくる。

「坂道をずっと黙りっ放しでござんした。またあれこれと考え過ぎておられやしたねい」

前を向いたままの宗次のゆったりとした問いかけに、美雪は小さく頷いてみせた。頷くほかない、と息詰まっていた。

美雪は宗次の着流しの袂《たもと》に入れていた右手をそっと出して、「宗次先生、ここからは私《わたくし》一人でも帰れます。今日は一日どうもありが……」

「とんでもねえことで……」

美雪に皆まで言わせず、宗次はやんわりと制して歩き出した。

「月が出たり隠れたりを繰り返すこういう落ち着かねえ夜ってえのは、辻斬りがよく出るのでござんすよ」

「まあ、怖いこと。本当でございますの」

と美雪は、開きかけた宗次との二、三歩の間をすぐに詰め、おそろし気に肩を窄《すぼ》めた。

「ここから西へ凡《およ》そ三町ばかり行きやしたところに、使い旧《ふる》された三味線《しゃみせん》を供養する三味線神社ってえのがございやす。ご存知で？」

「いいえ。存知ませぬ」

「竹林に三方を囲まれたその三味線神社の前《めえ》で先先月の夜でしたかねい。たて続けに二人の夜鷹《よたか》が辻斬りに遭いやした」

「何とお気の毒に……」

美雪は自分でも気付かぬ内に、宗次の着物の左袂をまた摑んでいた。

「斬られたその二人の夜鷹は共に、病の亭主と幼子を抱えておりやしてね。貧しさの中で一生懸命に生きていたのでござんすよ。余りに可哀そうだ何としても仇を討ってやりてえ、と町奉行所の与力同心の旦那方《だんながた》や目明《めあか》しの親分さんたちが今、必死で調べを進めておりやす」

「下手人《げしゅにん》の目星《めぼし》はついていないのでございますか」

「さあ、どうですかねい。あ、こちらから行きやしょう。うんと近道でござんすので」

宗次はそう言うと、築地塀《ついじべい》と煉塀《ねりべい》に挟まれた狭い路地へと曲がっていった。

二人が肩を並べてようやく歩ける程度の路地幅しかなかったが、その狭さを美雪は大事に感じて自分の肩を僅かばかり宗次先生に近寄せた。

気の毒な夜鷹の話を聞いたばかりだというのに、気持がほのぼのと温《あたた》かくなっていた。

けれどもそのような自分を、美雪はけしからぬ女とは思わなかった。むしろ、宗次先生に少し肩を近付けて心を温かくできる自分が嬉しかった。

「この塀の向こうが最高級の紅《べに》、白粉《おしろい》、眉墨《まゆずみ》などで知られた『両国芳賀堂《りょうごくほうがどう》』の寮でござんすよ。われわれ下下《しもじも》の者《もん》は芳賀屋敷と呼んでいやすがね」

宗次が歩みを緩めることなく右手の築地塀を軽く指差して言った。

「芳賀堂さんがこのように立派な寮を持っていたとは存知ませんでした」

「化粧の品だけでなく、紅板、紅筆、刷毛《はけ》から蘭引《らんびき》に至るまで、芳賀堂は手抜きのしねえ物《もん》を置いていると言われているようですからねい。いい化粧の品を揃える店《たな》ってえのは、女客はほうっておかねえんでしょう」

「私《わたくし》は娘の頃は芳賀堂さんを訪ねましたけれど、今はまったく……」

「美雪様はかなり薄化粧でござんすね。それでよござんす。清楚《せいそ》なお美しさ……よく似合《にお》うていらっしゃる。そのままでおいきなせえ」

「あのう、宗次先生……」

「へい」

「今のお誉《ほ》め下さいましたお言葉は、絵師の立場からのお言葉なのでございましょうか」

これはゆき過ぎた見苦しい問いであったと、美雪はすぐに悔《く》いた。宗次先生に呆《あき》れられたかも知れない、と背に冷たいものを感じて取り乱しかけもした。

「絵師としても男としても感じたことを正直に申し上げやしたが……」

「ありがとうございます。あの、こちら側の煉塀の向こうは誰様《どなたさま》のお屋敷でございましょう」

べつに関心など無かった方へと、美雪は話を逃《のが》そうと試みた。けれども、急いで用いたその方法の余りの幼さに気付いて、美雪の心の臓はたちまち不安な音を立て始めた。こうも醜《みにく》い気弱なしどろもどろは、矢張り夫に背を向けられたことが影響しているのであろうか、と思った。

「この煉塀の向こうも日本橋の大店呉服《ごふく》問屋の寮でござんすよ。店の名は、えええと……そう、確か『近江屋《おうみや》』といいやしたかねい」

せっかく答えてくれた宗次の声が、美雪にははっきりと聞き取れていなかった。天下一の浮世絵師と評され今や京《みやこ》の御所様のお声もかかるとかの宗次先生は、私《わたくし》のような夫に離縁された者にとっては余りにも遠い存在なのだ、と自分に言い聞かせることに気を取られていた。

と、不意に宗次の足が止まって月が雲に隠され闇が二人の上に落ちてきて、美雪は我れに戻った。

自分でも「我れに戻った」と意識するほど、少し現実から離れた所にいたらしいと判って、美雪は尚の事、わが身を情けなく感じた。

「美雪様、足を速めて下さいやし。この路地から早く抜けやしょう」

「えっ」

宗次の穏やかだが只事でない言葉に、美雪は思わず闇を見透かすようにして前方へ目を凝らした。けれども闇以外の何も見えなかった。

「手をお貸しなせえ」

「はい」

美雪が宗次の着物の袂から手を離して、お互いの姿さえも隠してしまっている闇を払いのけるようにしてその手を上にあげると、すかさず宗次に摑まれていた。ひと呼吸さえも置かなかった宗次の素早いその正確な所作に、美雪は「先生はこの闇で見えていらっしゃるのであろうか」と驚いた。

宗次に手を引かれて美雪は小走りとなった。べつだん、きついと感じることもない小走りであった。六千石旗本大家の姫様として教養学問の他に、十歳の頃より嫁ぐまでの間、父貞頼から薙刀《なぎなた》、小太刀、乗馬の教えくらいはひと通り受けてきた。

小走りくらいではへこたれない、という自信があったし、宗次先生に手を引かれて一寸先さえ見えぬ闇の中を小駆《こが》けで進むことに、これまで経験したことのないどこか心地良くもある緊張感を味わっていた。

まるで月が雲間から現われるのを予感したかの如く宗次が立ち止まって、月明りが舞台の幕が上がるかのように二人のまわりに降り出した。

路地を抜けて丁字形《ていじ》に交《まじ》わる広い通りに出ていると判って、美雪は宗次に手を握られたままほっとして体の力みを和《やわ》らげた。

しかし次に美雪が知ったのは、宗次の視線が広い通りの左手方向に釘付けとなっていることだった。

美雪は宗次のその視線を辿って、思わず握られていた手で宗次の手を強く握り返していた。

半町とは離れていない月明りの下で、一人対五人の侍が抜刀し身じろぎもせずに向き合っている。

美雪の体を、衝撃が貫いた。煉塀を背にした五人に対したった一人で対峙《たいじ》していたのは、見誤るはずのない人、廣澤和之進だった。

「あ、あなた……」と、美雪の体が宗次の手を振り切るようにして二、三歩前へよろめいた。

美雪がわが目を疑ったのは、次の瞬間に訪れた光景だった。宗次先生がいきなり修羅《しゅら》の巷《ちまた》となりかねないその場に向かって駆け出したではないか。

かつての夫を目撃した以上に気を動顚《どうてん》させた美雪は、「お待ち下さい先生」と制止しようとしたが声にならず、それが更に激しく心を乱した。天才的ともいわれる才能に恵まれ、今や京・大坂にまでその名を知られている浮世絵師に万が一のことがあると一大事であった。

五人の侍の内の二人が駆け寄って来つつある宗次の方へ身構えを変えて切っ

先を向け、あとの三人が殆《ほとん》ど同時に廣澤和之進に斬りかかった。

「お止《よ》し……お止し下さい」

美雪はようやく胸から搾《しぼ》り出《だ》すようにして叫んだ。かつての夫のために叫んでいるという意識が自分でも鮮明すぎると感じる程にあった。すぐれた芸術家である宗次先生を制止するための声が出なかったことを「申し訳ない」と思う心の余裕などは無かった。夢中であった。

廣澤和之進が相手と二合、三合と斬り結んだあと、よろよろと後ろへ退がって倒れた。

「誰《どなた》か……誰《どなた》かお助け下さい。お助け下さい」

美雪は通りを挟んでいる漆喰塗《しっくいぬり》の高い土塀の向こうに向かって叫んだ。誰様《どなたさま》の屋敷でもよかった。頭の中が自分を見失いかねないほど真っ白となっていたが、何としてもかつての夫を救わねばという強い思いだけははっきりとあった。

すると、切っ先をこちらに向けている二人の侍の五、六間《けん》ほど手前まで行って立ち止まった宗次が、矢張り白塗りの高い塀の向こうへ「一人に五人で斬りかかるとは卑怯《ひきょう》卑怯《ひきょう》。辻斬りでござる。物盗《ものと》りでござる。お屋敷の方方《かたがた》、お助け下され、お助け下され」と叫んだ。

か細い美雪の叫びとは比較にならぬ男の大声は月明りが満ちた夜陰《やいん》に響き渡っただけではなく木霊《こだま》ともなり、五人の侍たちの間に目に見えて狼狽《ろうばい》が走った。

「卑怯だ卑怯。一人に五人とは武士道を忘れた卑怯」と、宗次が尚も大声を発し続け、五人の侍たちはこれは堪《たま》らぬといった様子で、刀を鞘《さや》に納めることもせず一斉《いっせい》に逃げ出した。

逃げ出した、という言葉以外は当て嵌《は》まりそうにない慌てようだった。

「あなた……大丈夫ですか、あなた」

美雪は尻を落として座り込むかたちの廣澤和之進に駆け寄ってしゃがんだが、宗次はその様子を見守るだけのように、卑怯卑怯を叫んでいた位置から動かなかった。

「美雪ではないか。一体どうしたのだ。このような夜分《やぶん》に人気《ひとけ》の無いこのような場所で」

　案外に気丈な和之進の声に、数間《けん》ばかり離れて一身に月明りを浴びる宗次の表情がようやく安心したように緩んだ。

「私《わたくし》のことよりも、お怪我《けが》はありませぬか」

「左の肘《ひじ》をやられたが、なに心配はない。相手の切っ先が掠《かす》めた程度だ」

「お見せ下さりませ」

「よいというのに。私が打貫流の皆伝を許された身であることを知らぬ其方《そなた》ではあるまい」

「なれど……」

「其方を屋敷まで送ろう」

　と和之進が宗次の方へ視線を向けながら美雪に背中を支えられるようにして立ち上がり、右手にしていた刀を左手を鯉口《こいくち》へ持っていくことなく、鞘《さや》に納めた。打貫流の免許皆伝とかいうだけあって、鞘口《さやぐち》を切っ先で迷い打ちする無様《ぶざま》はなく、片手だけでさらりと刀を鞘《さや》に沈めたあたりはさすがに見事だった。

　が、左手を鯉口へ持っていかなかったということは、持っていけなかったのかも知れず、左肘に受けた傷が若《も》しや軽くないのかも知れない。

「あのう、あなた……今日は浄善寺というお寺で石秀流の野点がございまして、そのあとお寺の精進料理を御馳走になり、日が落ちてしまいましたので侶庵先生のお勧めもあって、こうしてあの御方様《おかたさま》に送って戴く途中でございました」

宗次先生の名と職をかつての夫に自分の判断だけで告げてよいものかどうか判らぬ迷いが生じ、美雪は「御方様」という言葉を選んで宗次に対し丁重に腰を折ってみせた。申し訳ございませぬ、という意味を込めていた。

「そうであったか。侶庵先生には久しくお目に掛かっておらぬが、息災《そくさい》でおられるか」

そう言いながら、五人の侍が走り去った方向へ、やや不安そうな目をちらりと向けた和之進だった。

「はい。大層お元気にしていらっしゃいます」

「石秀流はひとかじりした程度しか学んでおらぬ私だが、江戸にいる間に侶庵先生にだけは挨拶しておかねばなるまい」

「いつ江戸へ参られたのでございますか」

「それはまた話す。さ、屋敷まで送ろう」

和之進は逡巡《しゆんじゆん》するかのような美雪を残して走り去った五人の侍と同じ方向へと少し肩を力ませ気味に歩き出した。

「あなた……」

「なんだ」

数歩と行かぬところで呼び止められ振り向いた和之進の顔つきは、美雪ではなく宗次に視線をやり、どこか不機嫌そうだった。

「ここまでお送り下さいました御方様に対して、あの……」

「おお、そうであった。美雪が世話になったな町人。礼を言う」

和之進は乾いた調子でそれだけ言い残すと、小さく頭を下げることもなく、くるりと背中を向けて歩き出した。その後ろ姿は、やはり肩を力ませ気味であったが、左腕はだらりと下げたままだ。

宗次はこちらを見つめる美雪の表情が今にも泣き出しそうになったので、「いいからゆきなさい……」と言わんばかりに頷き微笑んでみせた。

美雪は「申し訳ございません」と呟きつつ深深と頭を下げてから、和之進の後を急ぎ足で追った。せめてもう一度後ろを振り返って、宗次先生の様子が知りたかったが、できなかった。

これで私《わたくし》と宗次先生との縁はおそらく切れよう、もうどう仕様《しよう》も無い、と悲観的になった。

和之進と美雪の後ろ姿が月明りのなか小さくなってから、宗次は和之進が尻を落としていた位置へゆっくりと歩み寄って腰を下ろし、少し地面に顔を近付けた。

月明りを頼りに両の目を皿のように見開いて懸命に探すまでもなく、親指の爪ほどの大きさの血痕が三つ四つすぐに認められた。それだけであった。ひどい出血とは思われない。

(切られた傷はどうやら深刻ではなさそうだが、あのだらりと垂れ下がったままの左腕、肘の骨を切り砕かれているやも知れねえな。だとすれば今夜あたり、高い熱と悪夢に魘《うな》されるかもなあ……)

地面の血痕の大きさと和之進の左腕の普通でない様子から、そう読んだ宗次であった。

宗次は腰を上げて辺りを見まわしてから深い溜息《ためいき》をついた。

「なんとまあ、あれだけ助けを求めて大声で叫んだってえのに、侍《さむれえ》屋敷が立ち並ぶこの通りに面して三つも四つもある勝手口門から、誰ひとりとしてお侍《さむれえ》が現われねえとはなあ。まったく武士の世もいよいよ終りだあな」

呆《あき》れたように呟き残して宗次は、すでに姿が見えなくなっている和之進と美雪の後を追うようにして足早に歩き出した。

八

翌朝《よくあさ》、美雪は雀《すずめ》のものと判る賑やかな囀《さえず》りで目を覚《さ》ました。いつもまだ二十歳《はたち》にもならない若い腰元が明け六ツ頃に、広縁の内側になる廊下の雨戸を音を立てぬよう気遣って開けてくれるのだが、たいていはその僅かな気配を感じて目を覚ますことの多い美雪である。それが今朝は、いつ雨戸が開けられたのかまったく気付かないままだった。日は障子を透してすでに掛け布団の上にまで差し込み、障子に影絵を拵えている。ひめ辛夷《こぶし》の枝枝のところどころに、雀であろう小鳥が幾羽《いくわ》かずつ並んで羽《はね》を休めている。春、葉が出るのを押さえ込むようにして先に淡い薄桃色の花を咲かせるひめ辛夷だから、枝にとまっている小鳥の姿が葉に邪魔されることなく、くっきりとした影絵を障子に映していた。

いけない、このように寝過ごしてしまってはお父様からお小言を頂戴《ちょうだい》する、と胸の片隅で思いながらも、美雪は障子に映った影絵をぼんやりと眺めつづけた。にもかかわらず、それはまったく心にとどめておらず、目の前で幻の如く現われたり消えたりを繰り返すのは、浄善寺「霜夕庵」でのこと、宗次先生と肩を並べて歩いた月明りの夜道のこと、そして衝撃的であった和之進との出会い、であった。

「あなた……」と、美雪は弱弱しく呟いた。和之進の妻であった者として、そう呟くことくらいはせねば、という意識のようなものが胸の片隅にあった。けれども当たり前とは言い難《がた》いその意識に一抹《いちまつ》の不快を覚えながら、美雪は掛け布団を足元へ押したたむようにしながらゆっくりと体を起こし、寝着の胸元を整えた。

和之進は昨夜、美雪を西条家の長屋門の前まで送りはしたが、その間《かん》ひと言も無く、傷を改めるためにもひと晩《ばん》泊まっていくようにと門前で勧めた美雪の言葉に対してさえも無言を押し通して立ち去った。

あまり釈然としない一方的な理由で妻に離縁を突きつけた和之進のそれが、苦しまぎれの頑《かたくな》さなのであろうと美雪は思うことにした。

だが、一人で三人を相手に斬り結びながら、しっかりと歩いて帰れる程度の傷しか受けなかった和之進を「やはり男らしく強い御人《おひと》である……」と美雪は感じた。

その一方で、「……卑怯卑怯。辻斬りでござる……」の叫び程度しか加勢できなかった宗次先生のことを、「頼りにならぬ人」とか「男としての強さが足らぬ人」などと見損《みそこ》なったかのように眺めたくはなかった。町人であり浮世絵師である立場を考えて差しあげれば、あの程度の加勢であっても大層勇気が要《い》ったことであろうと理解してあげたかった。

しとやかな足音が広縁を次第に近付いてきて障子に人影が映った。

「美雪様……お目覚めでございましょうか」

いつも雨戸を静かに開けるよう心がけてくれている若い腰元玉代《たまよ》の控えめな声だった。玉代は行儀見習と教養を身に付ける目的で、一昨年《おととし》の秋から西条家に住み込んでいる不忍池《しのばずのいけ》そばの酒味噌醬油《みそしょうゆ》問屋の老舗《しにせ》「伏見屋《ふしみや》」のひとり娘だった。「伏見屋」は日常的に、旗本大家である西条家の台所へ出入りして膳部方《ぜんぶかた》にかかわっており、それが縁で玉代の奉公が許されていた。

「寝過ごしてご免なさいね玉代。いま身繕い致します」

「今日は御殿様のご登城は、お休みの日でございますから」

「あ、そうでしたね。直ぐに参りますからと、父上にお伝え下さい」

「承知致しました」

障子の人影が広縁をさがっていった。

美雪は父貞頼の登城がない日は、朝餉《あさげ》を共にとるよう幼い頃から躾《しつけ》られてきた。けれども父が大番頭《おおばんがしら》という重責を負うようになってからは、登城の日が不規則に変わることもあって、「今日は登城」「今日は登城お休み」を腰元が朝必ず美雪に告げる習慣《ならわし》となっている。

美雪は身繕いを済ませて寝所の障子を開け、広縁の朝陽《あさひ》の中に立って軽くひと息吸い込んでから左隣の座敷に入っていった。

美雪の十畳の寝所は「上《かみ》の御居間《おいま》」と呼ばれており、その左に壁仕切りで接して日常生活に用いられている十六畳の「美雪様の御居間」があって、文机《ふづくえ》とか衣裳簞笥《いしょうだんす》、鏡をのせた化粧小簞笥《けしょうこだんす》、衣裳掛け、などが備わっており、鴨《かも》居《い》には薙刀《なぎなた》のみならず小槍までが掛かっていた。このあたりは、さすが大番頭六千石旗本大家の息女の居間だった。

それだけではない。床の間の刀掛けにはひと振りの鞘巻拵《さやまきこしらえ》の短刀が掛かっている。

美雪は「立て鏡台」の前に座ってほつれ髪を正すと、また広縁に出て目を閉じ今度は三度静かに息を吸い込んでみせた。朝目を覚ましたなら直ちに新鮮な外気で胸の内を満たして気をひきしめ何事に対しても応じられる心構えを調えよ、これが武士道を大事としている父貞頼の教えであり、美雪はよくそれを守ってきた。

要するに「一日一日の油断無きを拵えよ」という教えであった。

美雪は広縁を父の座敷「御殿様御殿《おとのさまごてん》」へと向かった。長形に造られた「雪《ゆき》柳《やなぎ》の庭」に沿ってまっすぐに長く続く日当たりのよい広縁は、突き当たりのところで別棟となっている膳部棟の出入口への渡り廊下につながっている。庭のかなりの部分を占めている雪柳は今を盛りと無数の白い小さな花を咲かせてそれこそ一面真っ白だった。

膳部棟への渡り廊下の手前左が「御殿様御殿」で、したがって晩酌の肴《つまみ》に少しばかりうるさい西条貞頼にとっては、なにかと便利な位置にある台所なのであろう。

美雪が「御殿様御殿」まであと七、八間《けん》ばかりと近付いたとき、「お嬢様……」と後ろ下あたりから男の囁き声が掛かった。

「お嬢様……」というその声の掛け方で即座に誰であるか判っている美雪だった。

振り向くと案の定、五人いる下男の頭《かしら》の立場にある与市《よいち》が、竹箒《たけぼうき》を手にした姿で黙って丁寧に御辞儀をした。菊乃よりも数年も長く西条家に奉公しているこの老爺《ろうや》にだけは、「お嬢様……」と呼ばれることを仕方がないと認めてきた美雪だった。

「おはよう与市。どうしましたか」

美雪は広縁を与市の方へ三、四歩戻り、庭先に立ったままの老爺との間を縮めるため腰を下ろして、やはり囁き声を返した。

与市は広縁の端まで遠慮がちに寄ってきてもう一度、御辞儀をした。

「申し訳ございません。お嬢様のお耳に直接は入れませず、若党の誰かにでも言った方がよいかと迷ったのでございますが……」

「何があったのです。よいから申してみなさい」

長く西条家に尽くして老境に入っている与市に対し、美雪の口調はやさしく穏やかであった。

「実は御門の前を掃《は》いておりましたら、近付いてきた大身のご身分と覚《おぼ》しい身《み》形《なり》の若い御武家様に、美雪様にお目に掛かりたいので取り次いでほしい、と声をかけられまして……」

「まあ、これから朝餉だというこのような刻限にですか……その方のお名前は？」

「お訊ね致しましたが申されませんのです。ただ、すでに顔見知りだ決して怪しい者ではない、とは言っておられましたが」

「お一人ですか。それとも誰か供の者を従えて？」

「お一人です。腰の御刀《おかたな》がかなり立派、と私《わたくし》のようなものにも判りますこ
とから、矢張り大身のご身分の方《かた》ではないかと思われるのですが……」

御側衆《おそばしゆう》七千石本郷甲斐守清輝様の御嫡男清継様だ、そうに違いない、と美
雪は思った。

「判りました与市。私《わたくし》が会ってみましょう」

「では用心のため若党の誰かに声をかけて参ります」

と、与市は早口で囁いてみせた。

「いいえ、私《わたくし》ひとりで大丈夫です。私《わたくし》に心当たりがありますし、若《も》しその御
方ならば与市の申す通り名家とつながりがありますから、両刀を帯びた若党を
従えて門を出れば、何事かと驚かれましょう。私《わたくし》ひとりで会います」

「なれど……」

「心配せずともよい。与市はもう下がっていなさい。ご苦労でした」

「は、はい……」

与市は一礼して下がっていった。

「このような朝早い刻限に、分別あらねばならぬ武士が一方的に面会を求めて訪れるとは……無礼な」

呟いて腰を上げた美雪は、与市の老いた背中が「上の御居間」の向こうを右へ折れて見えなくなるまで見届けてから、ほんの少しの間雪柳を眺めていたが、何かを心に決めたらしく目元に厳しさを見せて「美雪様の御居間」へと戻った。

床の間の前に立った美雪は迷いを見せる様子なく床の間の刀掛けに横たわっている鞘巻拵の短刀に手を伸ばした。

そしてそれを目立たぬよう深めに帯に差し通した。

美雪は菊乃に出会わぬよう願いながら、「御殿様御殿」とは逆の方、玄関に向かって急いだ。あまり待たせ過ぎると、御側衆の本郷家は、大番頭六千石の父に対してさえも逆風の影響力を発揮できる程の身分である。そのことを、美雪は充分に承知している。

が、本郷家の御嫡男の一方的な望みとかに対しこちらは今のところ何らの落度は無い。

幸い菊乃や他の腰元に出会うこともなく、美雪は玄関式台より少し離れた「中《なか》の口《くち》」まで辿り着けた。菊乃に気付かれれば自分の強く出ようとする態度は間違いなく抑え込まれるだろうと思っていたから、美雪はほっとして草履《ぞうり》をはいた。

西条家のような上級武家の屋敷には造りにもよるが、玄関式台よりやや離れて「中の口」と呼ばれる内玄関とも称すべき出入口が大抵《たいてい》設けられており、主人《あるじ》を除く家人はこの「中の口」から出入りし、屋敷への出入りを許されている大店の商人と雖《いえど》も余程の特別な間柄でない限りは「中の口」で応接される。

門（長屋門）は玄関式台から延びている石畳の道をまっすぐに行った十間《けん》ばかり先の真正面である。

美雪は本郷清継の面相や背丈、着ているものをあれこれと自分勝手に想像しながら、長屋門の脇門（潜り門）の手前で立ち止まり、帯に通した短刀の柄《つか》に確かめでもするかのように軽く手を触れてみた。美雪は短刀を腰に帯びたからといって、その業《わざ》に格別に長じている訳ではない。

父の指導は武断派の大番頭らしく相当に厳格なものであったから、剣術の心得がない町人などが刃物を振り回したことに対処できる程度には自信はあった。

美雪は半ばおそるおそる脇門の扉を引き開けてみた。前の通りへと出るには六段の石組の階段を下り切らねばならなかったが、その階段を下り切った所に背丈に恵まれたひとりの青年侍が、背すじを伸ばした「待つ」という意思を正しく見せた姿勢で立っていた。

美雪が困惑気味に「あの……」と声を出しかけたとき、なんと青年侍の方から深深と腰を折った。

「どちら様でいらっしゃいましょうか」と、美雪は脇門から出る意思をゆっくりとした所作で油断なく示して見せながら訊ねてみた。自分の方から名乗る積もりははじめからなかった。青年侍は自分の名を与市に告げていないのだ。美雪の問いかけにも名乗らず相手は黙っていた。けれども険悪な雰囲気ではない。

美雪は相手の背丈や体つきに何とのう見覚えがあるような無いような、あやふやな記憶はあったけれども、面容についてはまったく見知らぬ人物であった。

「あの……」と、もう一度そっと声を出しながら、自分はきっとそれに相応《ふさわ》しい表情を調えているであろうと自信を抱いて、美雪は脇門の外に出て六段の階段の下にいる青年侍を見おろした。

「どちら様でいらっしゃいましょう」

美雪の二度目の問いかけには、落ち着いた穏やかさを纏う余裕が見えているかのようだった。

相手が幾分かたい調子で言った。

「いつぞやは大変失礼いたしました。この御門前にて美雪様のお名前をうかがっておきながら、自分について名乗ることを失念いたしておりました。おわび致しまする」

相手はそう言っておきながら、しかし頭を下げてその気持を表すことはしなかった。

「はあ……」

と、美雪は困惑している振りを装った。あなたのことなどすっかり忘れております、と相手に判らせるには困惑する振りが最良の手段であるかのような気がしていた。

「私を覚えておられませぬか。ま、それはそうかも知れませぬ。なにしろ不意に話しかけたり致しましたから」

「恐れいりますが、お名乗り下さいませぬか。どちら様でいらっしゃいましょう」

「私《わたくし》、御側衆七千石本郷甲斐守清輝を父と致しまする嫡男の清継と申しまして、二十七を数えまする」

「御側衆本郷甲斐守様の御嫡男様……あ、若《も》しかして浮世絵師の宗次先生がお描きあそばす私《わたくし》の軸画を御所望とか申されまする……」

美雪はここで思い出したかのように表情を緩めはしたが、さすがに微笑みは見せはしなかった。それを見せて相手の望みが強まることを警戒した。気丈であらねばと思った。

「あ、いや。それにつきましては美雪様のお気持ちを昨夜、石秀流の宗家である侶庵先生からおうかがい致しまして断念しました。自分の望みを一方的に押し通すかのようなかたちを取ってしまいましたることをこの通り謝罪いたします。申し訳ありませぬ」

本郷清継はここで慇懃《いんぎん》に頭を下げた。

「謝罪などと、そのような……どうぞ面《おもて》をお上げ下さりませ」

思いもしていなかった相手の謙《へりくだ》り様《よう》に、美雪は少しとまどった。御側衆家の御嫡男だからある程度の傲慢《ごうまん》さはあろう、と覚悟はしていたのに足下《あしもと》をすくわれたような思いであった。

「本当のところは昨夜の内にお詫びに訪れたかったのですが、いくら何でも夜分は非礼に当たると思いとどまり、今朝の早い内にとこうして訪ねて参りました。私《わたくし》、これより屋敷に戻って旅仕度《たびじたく》を調え、お役目で三島《みしま》から沼津《ぬまづ》に向けて発《た》たねばなりませぬ。それゆえ、斯様《かよう》な朝早い刻限に参りましたが、ひとつ大目に見て下され」

「ご丁寧なるご挨拶おそれいります。お役目の旅、どうぞお気を付けなされまして」

「お役目を果たして江戸へ戻ってくるまでに十四、五日、いやそれ以上はかかりましょうか。帰参致しましたらまたご挨拶に伺《うかが》うやも知れませぬ。それではこれで……」

本郷清継はそう言って軽く腰を折ると、美雪が言葉を返すよりも先に踵《きびす》を返し長屋門の前から離れていった。

「お嬢様、ようございましたね何事も起こりませず」

背後で与市の小声があったので、おそらく近くに控えて成行《なりゆき》を見守ってくれているだろうと予感していた美雪は「ええ、そうですね」と驚きもせずに答えて、遠ざかってゆく本郷清継の後ろ姿を見守った。

背丈は和之進様や宗次先生に近いけれど、面立ちは育ちの良さからかどことのう弱弱しい印象だこと、美雪はそう思った。

与市が美雪の後ろに近付いて控えた。

「それに致しましても御側衆ご大家の御嫡男様であられたとは……この与市びっくり致しましてございますお嬢様」

「父上に申してはなりませぬよ。余計なご心配をおかけしてはいけませぬから。宜しいですね与市」

「はい。心得てございます。見ざる聞かざる言わざる。この爺は当分のあいだ三猿《さんえん》となりましょうとも」

「ありがとう。与市は私の幼い頃からいつも味方をしてくれますね」

「左様でございますとも。それがこの年寄りの生《い》き甲斐《がい》でございまするから」

と、美雪の後ろに控えて目を細める与市であった。

「今後、今の御方《おかた》が私《わたくし》を訪ねて見えられたと致しましても居留守をお願いしましたよ」

「はい。私《わたくし》が応対致しまする場合には、必ずそのように致しましょう。それよりもお嬢様、今日は御殿様の御登城はお休みの筈でございますから、朝餉を御殿様とご一緒なさいませぬと」

「あ、そうでしたね」

美雪は頷いて帯に差し通した短刀を然《さ》り気《げ》なく抜き取って左袖《そで》に隠したが、まだ清継の小さくなっていく背中を見送っていた。

「さ、もう御門内へお入り下されませ」

与市に促されて、美雪は「ええ」と視線を清継の後ろ姿に注いだまま、体の向きを脇門の方へと戻した。

与市が脇門に閂《かんぬき》を通す音を背に聞きながら、美雪は「中の口」から邸内に入ることを避けて、雪柳の庭伝いに「美雪様の御居間」へと急いだ。着物の左袖に短刀を隠し持っている自分が今頃になって「大変なことをしている」と思えて、「中の口」を避けたのだった。「中の口」に接している「次の間」の奥が腰元頭である菊乃の居室とされているからだった。内玄関付近でうっかり出会ったりなどすると、左袖に隠し持った短刀に気付かれるかも知れないことを用心した美雪である。菊乃が自分に対して忠誠な奉公人であると充分以上に承知してはいる美雪だったが、同時に主人《あるじ》に対しても忠誠であり正大な性格であると判っていることから「短刀に気付かれたら父に報告されるかも……」くらいの警戒は欠かせないと思ったのである。

短刀を「美雪様の御居間」へ戻し、そこがいつも父との朝餉の場となっている「御殿様御殿」へと美雪が入っていくと、驚いたことに御酒《ごしゅ》の香りが部屋に満ちていて、父貞頼が菊乃に酒を注《つ》がせ上機嫌な面差《おもざ》しだった。

「まあ、父上。朝から御酒《ごしゅ》とは何ぞござりましたか」

美雪が父と向き合って自分の膳の前に座ると、「うむ、何ぞがあったぞ美雪、何ぞがな。うわっはっはっは」と貞頼は相好《そうごう》をくずした。

その事情を知っているのかどうなのか、二合入りの燗徳利《かんどっくり》を手にした菊乃は、ただにこにこしているだけで何も語らなかった。主人《あるじ》の前では「これは大事」ということがない限りたいてい黙して語らぬ従順な菊乃である。

徳利という言葉が世に出てきたのは室町時代の終り頃であったらしいが、西条家には酒を愛して已《や》まぬ貞頼の趣味が嵩《こう》じて、様様な形の徳利が台所に備わっていた。貞頼にとって大事なその徳利を一手に管理しているのが菊乃である。

「菊乃、あとは私《わたくし》が父上のお相手を致しましょう。下がってご自分の朝餉をお摂《と》りなさい」

「はい。それでは、そのようにさせて戴きます。ごめん下さりませ」

美雪に命じられ、菊乃は手にしていた徳利を酒膳に戻して下がっていった。

美雪の指示とか命じたことを、決して見失わぬところが、菊乃の苦労人たるところであった。

菊乃がいなくなって娘と二人だけになると、いかにも武断派の大番頭という精悍《せいかん》な風貌の西条貞頼は、それに不似合いなほどやさしく目を細めて娘を見つめた。

「のう、美雪よ……」と、声まで、婚家《こんか》を出された娘を気遣っているかのようなやわらかな響きである。

「はい」

「昨日の昼九ツ半（午後一時）頃だったか、いきなり上様に総赤松造《そうあかまつづくり》で知られた本丸黒書院《くろしょいん》へ呼ばれてのう」

「まあ。黒書院の間とは、何かお小言を頂戴したのでございますか」

「これ、馬鹿を申すでない。お小言を頂戴したなら、このように登城の休みの日に朝から御酒《ごしゅ》など嗜《たしな》まぬわ」と、一層のこと目を細める貞頼だった。

「それでは良い事がございましたのですね」

「うむ。ご上司であるご老中を通すこともなく、君側の者より直接『上様が黒書院でお待ち。お急ぎあれ』と告げられてのう。お役目の途中であったが、何事かと黒書院へ参上致してみたのだが……」

貞頼はそこで言葉を切ると、盃《さかずき》の酒を呑み干して空《から》にし、満面に笑みを浮かべて「注《つ》いでくれ」とそれを美雪の方へ差し出した。

美雪は髭《ひげ》の剃《そ》りあとがいつも青青として、眼光鋭く肩幅の広い父貞頼が大好きであった。目に入れても痛くないほど父に可愛がられている、という自覚もあった。

「早くお聞かせ下さりませ父上。やきもき致しまする」

父の盃に御酒《ごしゅ》を注ぎながら、美雪の顔にも笑みが広がった。

「美雪はこの父が、上様より何を言われたと思うのじゃ」

そう言いつつ、美雪が満たしてくれた盃を口元へ運ぶ貞頼であった。楽し気である。

「判りませぬ。上様は雲の上の御人でございますもの。父上に何を申されたのか想像もつきませぬ」

「ご加増を内示されたのじゃよ」と言い、貞頼は手にしていた盃を静かに膳に戻し真顔となった。

「それはまあ、なんと有難いことではございませぬか父上」

「それも千石もな」

「え、それでは西条家は七千石のお旗本になるのでございまするか」

「万石大名まで、あと三千石。これはあながち夢ではないぞ美雪」

「私《わたくし》は女子《おなご》でございますから西条家をお大名家にしたいなどとは思いませぬが、父上が加増されますることは、とても誇りに思いまする。上様に、余程大きな貢献をなされたのでございますね」

「いや、上様はな。徳川家への長年にわたる貢献に対して、と仰《おお》せであった。どの貢献とどの貢献に対してという個別な評価ではなくてのう」

「おめでとうございます父上。母上がご存命でありましたなら、どれほど喜ばれたことでございましょう。美雪は、父上を本当に心から誇りに思いまする」

「そうか。誇りに思うてくれるか」

かわいい娘の言葉に、真顔だった貞頼は嬉しそうに目尻に小皺《こじわ》をつくるのだった。

「お役目については、これまでと変わらぬのでございますか」

「変わらぬ。老中支配下にある大番組はこれからの幕府にとってますます重要となる組織であろうからひとつ宜しく頼む、と力強く仰せであった」

「これからもお体を大切になされ、ますますお役目にお励み下されませ」

「そうよのう。あ、それからな、上様ご誕生月の八月に正式に千石ご加増を認むる正円二重郭のご朱印状に添えてな、上様が大切になされていた鶴丸国永《つるまるくになが》の大刀二尺五寸九分を頂戴した」

「では、この西条家の家宝でございますね」

「家宝以上のもの、という意識を持って大切に保管せねばならぬであろう。なにしろ葵《あおい》の御紋入りの名刀じゃ」

「葵の御紋入り……」

「そうじゃ。名誉なことである、と喜んでばかりはおれない部分もあることを忘れてはならぬ。紛失したり盗まれたりしたなら、この西条山城守貞頼ひとりが腹を切るだけではすまなくなろう」

「お家《いえ》お取り潰し……でございましょうか」

「おそらくは、そうなろう。大坂城の目付という重責を負って江戸を離れておる其方《そなた》の兄貞宗にも、その点についてはしっかりと伝えておかねばならぬのう」

美雪は口を噤《つぐ》んでしまった。西条家六千石が来《きた》る八月のご加増で七千石になると知って、御側衆本郷家と肩を並べることができる、という一瞬熱い思いが胸の内を掠《かす》め過ぎた美雪であったのだが。

九

「いい気分になった。ここいら辺りで、ひと休みしたいものじゃな」

そこそこに酒を嗜《たしな》み美雪とも終始楽し気に語り合《お》うた貞頼は、大番頭《おおばんがしら》らしい精悍《せいかん》な面《おもて》いっぱいに笑みを広げてから抑え気味な小さな欠伸《あくび》を呟きと一緒に漏《も》らした。

美雪は父貞頼の欠伸をこれまでに一度として目の前で見たことなどなかったから、娘の自分に心から気を許してくれている父を嬉しく思い、ここに母が座っていたなら父は千石もの加増の内示を更に喜べたのではないだろうかと想像して心の片隅に淡い痛みを覚えた。

「寝所の方へではなくこの『御殿様御殿《おとのさまごてん》』に御床《おとこ》を延べさせましょう。日頃はお心にもお体にも負担の大きい大番頭という厳しい御役目に就《つ》いておられるのでございますから、今日は何もかも忘れてこのまま此処《ここ》でお休みなされませ」

「よいのかな。朝目覚めてまだ間《ま》が無いというのに、酒を浴びてまた高鼾《たかいびき》に陥るなど、さすがに気がひけるが」

「お宜しいではございませぬか。この『御殿様御殿《おとのさまごてん》』に近付けるのは私《わたくし》と菊乃の他は家老と用人の二、三人くらいの者。安心してゆっくりと日頃のお疲れを、お取りなされませ」

「そうか。美雪が此処でのごろ寝を許してくれるなら、それもよいのう……」

貞頼がそう言ったとき、美雪は菊乃のものと判る摺《す》り足《あし》の気配が広縁をこちらへと近付いてくるのを捉えた。

そして雪柳の庭に向かって左右に開け放たれている障子に、正座する女性《にょしょう》の人影が映った。

「美雪様、菊乃でございます。入らせて戴いても宜しゅうございましょうか」

「構いませぬよ。丁度《ちょうど》よいところへ来てくれました。お入りなさい」

「はい。それでは失礼いたします」

障子の人影がゆっくりと立ち上がり、菊乃がにこやかに座敷に入ったところで、ふたたび姿勢美しく正座をした。美雪はいつの場合も穏やかで綺麗な作法を崩すことがない菊乃らしいゆるやかな所作が大好きであった。亡くなった母雪代の常日頃がそうであったから、百俵取りの貧しい御家人の娘として育った菊乃はおそらく母のそれを一生懸命に見習ってきたのであろうと思って、心が温《あたた》かくなるのだった。

菊乃は美雪と目を合わせてから、主人《あるじ》の方へ向けてやさしい調子で言った。

「御殿様。先ほど膳部方《ぜんぶかた》から、お燗した徳利を六本お運び申し上げた、との報告が入りましてございます。そろそろお休みなされても宜しい頃合ではございませぬか」

「うむ。いま美雪からもそのように勧められたところじゃ。いささか行儀が悪いが、今日は終日この体を寝床に預けようぞ。美雪が、そうせよ、と言うてくれたのでな」

「それが宜しゅうございます。そのようになされませ。お隣の寝所《しんじょ》の方ではなく『桜の間《ま》』に御床《おとこ》は延べてござりますゆえ」

「なに、『桜の間』にもう寝床《ねどこ》は延べてあると申すか。ははは。はっ、これは手回しのよいことじゃな」

「雪柳の間」と呼ばれているこの座敷とは別の間になる御殿《ごてん》内の「桜の間」とはさすがに母のように気が利く菊乃だこと、と美雪は微笑んで小さくそっと頷いてみせた。

「さ、父上。私《わたくし》の手にお摑まりになって、お立ちなされませ」

美雪が立ち上がって貞頼に手を貸そうとすると「おい。よせよせ。私はこれでも鬼さえ恐れる大番組の御頭様《おかしらさま》だぞ」と苦笑して、それでも嬉しそうに美雪の手に縋《すが》る父親だった。

ほんの一瞬のことであったが、その父と娘《こ》の様子に、菊乃が目を瞬《しばたた》き口元が泣き出しかけたように見えた。

奥方雪代が元気であった頃、夫婦の仲睦《なかむつ》まじいそのような光景を、幾度となく間近で見てきた菊乃である。

「口を清めてから横になるとしよう。菊乃、新しい総楊枝《ふさようじ》と塩を頼む」

貞頼の求めに対して菊乃が即座に、しかし穏やかに返した。

「はい。お顔洗場に調えてございます」

「そうか。うむ」

貞頼は美雪の手から離れると、菊乃の後に従って「御殿様御殿」から出ていった。

父の足元がよろめくことなくしっかりとしているのを見届けてから、美雪は続きになっている「中奥の間《なかおくのま》」との大きな仕切り襖の手前に正座をし、西条流家法に則《のっと》って静かに左右に引き開けて、ふと思いついたように体の動きを止めた。上流武家で何不自由なく育てられたひとり娘にふさわしい気品のある目鼻立ち整った横顔が「あ、そうだわ」と言いた気《げ》な様子を見せている。

美雪にとって父西条貞頼は頼もしい文武の人ではあったが、気性が純粋すぎるほどに真っ直ぐであるせいか「御殿様御殿」の大襖は全て模様のない、白の無地襖だった。

宗次先生がこの襖に何か描いて下さらないであろうか、と思いついてみた美雪であったが、（おそらく無理ときまっていましょう。京《みやこ》の御所様から声が掛かる程の宗次先生でいらっしゃいますもの……それに父上はきっと反対なさるに違いない）と諦めるのも早かった。

美雪にとって「御殿様御殿」の白の無地襖は何とのう寒寒と感じられて、決して気に入ったものではなかった。亡くなった母もそうではなかったかと思っている。

けれども尊敬する大好きな父が白の無地襖を好んでいるのであるなら娘の自分も気に入って差しあげるように努めなければならない、と合わせてきた美雪である。

美雪は「中奥の間」の更に向こう続きにある「桜の間」との境を仕切っている無地襖を家法に則って左右に引き開けていった。

「御殿様御殿の襖や障子を開ける時は決して音を立てるような不作法があってはなりませぬ」と幼い頃から美雪は母雪代に躾《しつけ》られてきた。屋敷で最も大きなこの棟の襖や障子はなるほど腕のよい大工によって、襖も障子も殆ど音立てることなく滑るよう見事に造作されている。

美雪は「桜の間」と広縁の間を仕切っている大障子の手前に端整な面《おもて》を尚のこと美しく調えて座った。

気のせいか目の錯覚か微《かす》かにうっすらと緑がかって白く輝いているかに見える大障子に手をやった美雪が躾られた綺麗な所作で開けると、それもそのはず朝の日を浴びた書院桜が庭先いっぱいに広がって、花と春葉《しゅんば》が混《ま》じり合った目もくらむような鮮やかな色が座敷いっぱいに吹き込んできた。

「今朝もなんと元気であること」

朝、書院桜を見ると必ずそう言った母を、美雪が真似するようになってどれ程になるであろうか。

「桜の間」とはこの座敷から書院桜が眺められることから貞頼が何とはなしに名付けたのが、いつの間にか家族家臣奉公人の間で正式な座敷名のようになってしまっている。つまり「御殿様御殿」の「桜の間」という具合に呼ばれていた。

けれども先程父と娘《こ》が朝餉を摂《と》った座敷は美雪が密かに「雪柳の間」と名付けていたが、その座敷名が公然と通じるのは父娘《おやこ》の間と菊乃それに下男頭の与市という限られた者たちの間だけだった。

「桜の間」には、菊乃自らの手によってであろう、すでに寝床が庭先へ足を向けるかたちで延べられていた。この延べ方だと、障子が閉じられていても雪見窓を上げれば書院桜が額《がく》の中の絵のような印象でよく見える。

美雪は広縁に佇んで身じろぎもせずに書院桜の枝と枝との間に覗いている浄善寺に通じる坂道を眺めた。そして宗次先生の顔を思い出すことを試みてみたが何故《なぜ》か昨日にくらべて思いは胸に強く迫ってはこず、予想もしなかったその意外さに美雪は少しとまどった。

それどころか五人の刺客とかに一人で立ち向かっていた和之進の男らしく見えた姿が胸の内に甦《よみがえ》って、それが宗次先生の記憶を押《お》し除《の》けようとでもしているかのように感じられた。

信頼していた夫にある日突然一方的に離縁を突きつけられながらも自分の心や体は矢張り和之進を思い出してしまうのであろうか、と悔《くや》しさで泣き出したくなる美雪だった。

後ろに父と菊乃と判る気配が生じたので、美雪はいつも父にそうしているように微笑みを拵えて振り返った。美雪にとってはこれも亡き母の日常から学び得た、父に対する作法であった。

「美雪、障子は閉めてくれぬか。寝床から雪見窓を通して額《がく》の中の絵のように見える書院桜を眺めてみたいのでな」

「はい、父上。雪見窓が本当に出来のいい額《がく》となって名匠が描いた絵のように眺められましょう」

「うむ。左様さ……」

にこやかに頷きながら寝床に横たわった主人《あるじ》に、菊乃が自身と寝床との隔《へだ》たりを微妙に空けて、掛け布団を主人《あるじ》の体を軽く撫でる具合で胸元へと静かに上げてゆく。

この撫でるような具合の布団の掛け方については、菊乃が今は亡き奥方の雪代から受け継いできたものだった。決して主人《あるじ》の体の上からふわりと小風《こかぜ》を起こすような掛け方をしてはならぬ、と。

美雪は、菊乃が母雪代から受け継いでいないのは、この場合の父との隔たりであることを承知していたから安堵している。母が父の体に膝頭が触れるか触れないかまで近寄って布団を掛けていたほのぼのとした光景を幼い頃から見てきた美雪であった。

いくら西条家に長く奉公して信頼の厚い菊乃ではあっても、母と同じ近さにまで父に膝頭を近付けてほしくないと思ってきた美雪である。

美雪が大障子を閉じて雪見窓を上に開けると、主人《あるじ》に布団を掛け終えた菊乃が「それでは美雪様、御用がございましたらお呼び下されますように」と、三つ指をついた丁寧な作法を残して退がっていった。この辺りの自然な呼吸を苦労人で知られた菊乃が日常的に大変よく心得てくれていることを美雪は心強くも嬉しくも思っている。仲睦まじい美雪と菊乃の間柄ではあっても、旗本大家の息女と奉公人との間で守られるべき作法慣習《しきたり》は決して軽視してはならぬと、お互いに厳しく自覚していた。

美雪は父の枕元に座ると、べつに乱れている訳でもない掛け布団の胸元あたりを少し整えてやり、雪見窓の向こうへ視線をやった。

「今年の書院桜は父上、私《わたくし》が嫁ぎます前と比べまして一段と空一杯に膨らんだ感じで……盛り上がって咲き誇っているようには見えませぬか」

「見えるのう。花の数が一気に増えたのであろう。この西条家がいよいよ栄えてゆくことを喜んでくれているのじゃ。そう思って眺めると実に心地《ここち》がよいのう」

「西条家には千石もの御加増の内示がございましたのに、私《わたくし》は婚家《こんか》を追い出されてしまいました。申し訳ございませぬ父上」

美雪は書院桜を眺めながら表情を僅かにも変えなかった。父の前ではいつの場合も甘えと強さの両方を冷静さの中で保っていたい、という思いが強い美雪だった。

「そのことは、もう口にするでない。この父はな、美雪が戻ってきてくれた事がむしろ嬉しいのじゃよ」

「父上は離縁されて生家《さと》に戻って参りました私《わたくし》の口からその理由を聞かれましても『そうか。わかった』と頷かれたきりでございました。それだけに私《わたくし》は、悔しい気がしないのでもないのでございます」

「和之進は自らの意思でかどうかは判らぬが藩内の騒動に巻き込まれてしまったのであろう。将軍家のお側《そば》に直参《じきさん》の大番頭として仕《つか》える西条山城守貞頼としては、たとえ婿《むこ》殿の藩のごたごたであろうとも手を貸してやることは出来ぬ。お前は離縁されて、むしろ良かったのじゃ」

「けれども父上……」

「もうよい。和之進のことは忘れるがよい。もはや過去の男ぞ。お前は亡き雪代に似て稀《まれ》なる美しさに恵まれ、また知性教養も豊かで何よりもまだ若い。お前を娶《めと》りたいとする男は、これから幾らも現われよう。心配するでない」

「私《わたくし》は二度と人の妻になりとうはございませぬ。父上のお許しが戴けますならば、この西条家で生涯を静かに終えたいと考えております」

「これこれ。生涯を静かに終えたい、とは若いお前には似合わぬ言葉ぞ。ははは」

美雪は身じろぎひとつせず書院桜を眺めながら、ひょっとして父はかなり以前より和之進から離縁にまつわる諸問題について相談を持ちかけられていたのではあるまいか、と疑うことを思いついた。そう、まさに思いついたのだ。

もしそうであるなら、離縁されて戻ってきた娘をさほど驚きもせずにやさしく迎え入れてくれた父の態度が納得できる美雪だった。

「和之進の問題……いや、和之進の藩の問題はな美雪。いずれ幕府にまで伝わり広まってこようよ。いや、幕府の監察方《かんさつがた》はすでに騒動を把握《はあく》して、密かに隠密《おんみつ》を駿河あたりへ遣わしているやも知れぬ」

「まあ、隠密をでございますか……おそろしい」

「その通りじゃ。幕府は平穏を乱す組織集団に対しては容赦しないと覚えておくがよい。お前を一方的なかたちで離縁した和之進はけしからぬ奴だが、しかしお前にまで災いが及ばぬようにと配慮した苦渋《くじゅう》の決断であるならば、憎み通すのも哀《あわ》れと思うてやらねばならぬ」

「駿河で一体どのような騒動が生じているのか、父上は多少なりとも御存知なのでございましょうか」

「いや、知らぬ」

美雪がそこでようやく書院桜に向けていた視線を父に戻してみると、父の閉じている目の片方に涙の粒が浮き上がっているのに気付いて美雪は胸に針の先で突かれたような鋭い痛みを覚えた。

戦場に出陣すれば幾万の敵を向こうにまわしても恐れはせぬ父であろう、と思うと唇が小さく震え出すのを抑え切れない。

美雪は、昨夜和之進が五人の刺客に襲われたことも、その和之進に屋敷の前まで送って貰ったことも父には打ち明けていなかった。打ち明ける必要などない、という和之進への反発のようなものが胸のひと隅にある。途中まで宗次先生に送って貰ったことについては打ち明けるべきかどうかの迷いなどはなく、いずれ父との雑談の中でその名は自然なかたちで出てこようとの思いであった。その一方で、宗次先生との出会いと短いがほんのりとした淡い思い出については、なるべく誰彼に知られたくない、という複雑な感情が心の内から消えていない。

その複雑な感情と、はじめて見た和之進の真剣による格闘の勇ましく見えた姿とが、胸の内でややこしく絡まり合い、息苦しさの余り美雪はそっと立ち上がった。

「では父上。美雪はこれより昨日の野点の御礼に、石秀流の侶庵先生をお訪ねして参ります。雪見窓は閉じておきましょうか」

「いや、そのままでよい。菊乃が頃合を見計《みはから》って閉《し》めに来てくれよう。侶庵殿に、暫くお会いしていないので近いうち盃を交わしたい、と申し伝えてくれるか」

貞頼が目を閉じたまま言い、その拍子に片方の目に浮き上がっていた涙の粒が、つうッと流れ落ちた。

「承りました。それでは行って参ります」

「短刀と日本橋伊場仙《いばせん》の渋扇《しぶおうぎ》を身に付けることを忘れてはならぬぞ」

「はい。心得ております」

「壺屋《つぼや》の壺壺最中《つぼつぼもなか》の手土産《てみやげ》もな」

「ええ。壺壺最中は侶庵先生の大好物でございますゆえ、九段《くだん》のお店に立ち寄って求めてからお訪ね致しましょう」

美雪は、そう言い残して「桜の間」から広縁に出ると、父がまだ目を閉じているのを確かめてから静かに障子を閉めた。

日本橋の「伊場仙」と言えば、将軍家はもちろんのこと大名旗本家の奥方が外出時に身に付けて放さぬ名品渋扇で知られた扇・団扇《うちわ》などの老舗《しにせ》である。また「後継者へは商《あきな》いは引き継ぐが私有財産は一銭たりとも引き継がぬ。自らの財産は自らの商い努力で築き上げよ」という厳格な商い精神でも知られ、それが多くの得意先の共感を呼んで、店の品と共に大層気に入られていた。

九段の「壺屋」は壺壺最中という美味なる名菓で知られたこれも大名旗本家に人気の老舗で「神逸気旺《しんいつきおう》」つまり神頼みや先代頼みをせぬ意気軒昂《いきけんこう》たる商い気構え、を柱としていることで知られている。

いずれも十代目、二十代目とのちのちまで商いは引き継がれていこう、と下下の者からさえ高い評価を得ている名店だった。

十

お顔洗場で口中《こうちゅう》を清めた美雪は「美雪様の御居間」へと引き返して障子を閉じると、衣裳箪笥の手前に鉤形《かぎがた》に立てかけられている衣裳掛けの陰に回り込んで「何を召しましょうか」と呟きながら思案顔を拵えた。

けれども、その思案はさほど長くは続かなかった。

美雪の雪肌な白い手が衣裳箪笥の二段目の引き出しをゆっくりとした調子で

引き開けた。そこには亡《な》き母雪代が娘の頃に着ていた着物がそっくりそのまま美雪へ引き継がれるかたちで入っている。娘の自分が眺めても息を呑《の》むほど身そばに寄り難い美しさであった母雪代を、いま数数の想い出の中に蘇《よみがえ》らせてさえ近付き難く感じている美雪だった。

美雪は肩の高さまである衣裳掛けに守られている安心からか、それでも油断なく障子の方へ視線を向けながらするすると帯を解《と》いて着替えをはじめた。着ていたもの全てが肩から足元へほとんど音もなく滑り落ちると、そこで美雪は思い出したように羞《はじら》いの色を面《おもて》に浮かべ、娘の頃とはすっかり豊かさを変えてしまった両の乳房を左腕を曲げて隠した。脳裏に自分を生家《さと》へ追い払った腹立たしい和之進の顔が浮かんでいたから、それを振り払うようにして美雪は手早い動きで着替え出した。

美雪の雪肌な白い体を雪輪友禅《ゆきわゆうぜん》の長襦袢《ながじゆばん》の上から目にもやさしく包み込んだ着物は、貞頼が京《みやこ》の老舗「伊《い》と幸《こう》」から取り寄せ妻雪代に贈った、正倉院文様《しょうそういんもんよう》を地紋に織り出したもえぎ色の無地の反物《たんもの》で仕上げたものである。

雪代が好んで茶事、茶会に着ていったこの上もなく品格のある着物を、石秀流宗家への御礼の挨拶に美雪は選んだのだった。

美雪が八寸の槇菱《まきびし》帯を手器用に腰へ巻きつけようと広縁の方へ背を回したとき、まるでそれを待っていたかのように障子に人影が映った。

「美雪様、菊乃でございます。侶庵先生宅へ野点の御礼のご挨拶に出向かれると御殿様から今お聞き致しましたけれど」

「あ、菊乃、帯をすこし手伝って下さい」

「承知いたしました」と言いながら障子を開けて座敷に入ってきた菊乃は、さすがに主人《あるじ》の前にいる時とは違って表情からも動きからも堅苦《かたくる》しさが取れている。

「まあ、これは奥方様がとくに大事になされておられた正倉院文様……よくお似合いでございますよ美雪様。確かはじめてのお召しではございませぬか」

「ええ、今日がはじめてです」

菊乃はなつかしそうに美雪のまわりをひと回りしてから、八寸の槇菱帯を締めるのを手伝った。亡くなった雪代の着付けを長く手伝ってきた菊乃はこういう場合、要領がよくて手早い上に、首まわりや胸元の小さな乱れを見逃すことがないから頼りになる。

「今日は私《わたくし》が御一緒致さなくても宜しいのでございますか」

「父上が気持よくお休みなされていますから、御世話をお願いします。雪見窓を適当に閉じて差しあげるのを忘れないようにして下さい。お風邪《かぜ》をひかれては大事な御役目に支障が生じましょうから」

「そうでございますね。はい、御殿様のことは私《わたくし》にお任せ下さい。でも美雪様は誰か若い者を二人か三人従えた方がよろしゅうございましょう」

「いいえ。たまには独《ひと》りで参ります。大丈夫ですから」

「判りました。では、くれぐれもお気を付けなされまして」

菊乃は浄善寺の山門を入って直ぐの所で宗次先生から「飾り懐剣は目立たぬよう、柄をもう一寸ばかし深めにお隠しなさいやし」と注意されたことを忘れていなかったのか、美雪の帯に顔を近付けて短刀を差し通すとき妙に慎重な表情になった。

その様子に美雪が思わず小さな含み笑いを漏らすと、菊乃は「まあ……」というように軽く睨《にら》み返してから矢張り静かに笑った。美雪は、菊乃が宗次先生について何者であるのかまだ殆ど知っていないことが、嬉しくて仕方がなかった。それどころか宗次先生の袂に手を入れて月夜の道を寄り添って歩けたことを菊乃に知られていないのだと思うと、この上もない仕合わせを感じた。

「では行って参りましょう。見送りはよろしいですから」

「お気を付けなされませね。あまり遅くなりませぬように」

「心得ております」

美雪と菊乃は「美雪様の御居間」の前で頷き合って別れた。

玄関式台の手前の「中の口」から、美雪は雨雪用拵えの草履をはいて外に出た。たとえ雲ひとつなく晴れわたった空ではあっても、美雪は雨雪用拵えの草履をはくことを忘れなかった。小太刀《こだち》の教えを受けた父から「位《くらい》高き正式の席に出る時の他はなるべく雨雪用拵えを履いて不測の事態に備えなさい」と言われている。

雨雪用は特に裏側が滑り難《にく》いよう、しっかりと作られているからだ。

美雪が表門に向かってゆっくりと歩みを進めると、竹帚を手に脇門から首をすくめて入ってきた与市が「あ、お嬢様……」という表情を見せ、立ち止まった美雪の方へ小駆けにやってきた。

「どうしたのです。血相が変わっておりますよ」

「また……また変な男がお嬢様を訪ねて参りました」

老いのため腰がくの字に浅くだが曲がっている与市は脇門の方を指差しながら囁いてみせた。

「変な男？　……御側衆七千石本郷家の御嫡男様なら、三島から沼津へのお役目旅とかで江戸を離れておられる筈ですよ」

「本郷清継様ならこの爺、変な男などと失礼なことは申しませぬ。今度は町人態の生《なま》っ白《ちろ》い男前な奴でございますよ。しかもでございますよ。気色の悪い町人態の分際でなれなれしく、『美雪様はご在宅でございやしょうか』などと申すものですから『当家にはそのような方《かた》はいらっしゃいません』と追い払ってやりました」

「まあ……」と、美雪は驚いたあと、稲妻《の》のような予感が体の内を鋭く斜めに貫いたような気がして、与市を押し除けるように脇門へと向かった。日頃は全く気にもならない「中の口」と表御門との間が今日に限って大層長く感じられる。

それが稲妻のような予感のせいだと美雪にはわかっていたから、尚のこと足は急ぎ心はもつれた。

脇門の外へと潜り出た美雪は「ああ……」と声にもならぬ溜《た》め息《いき》をそっと漏らし小さな眩暈《めまい》すら覚えた。

稲妻のような予感は外れてはいなかった。与市に追い払われた筈のその人は、表御門から御影石《みかげいし》（花崗岩《かこうがん》の別称）で六段組まれている階段の下に端然《たんぜん》たる様子でまだ佇んでいた。与市が腹立たし気に口にした「生《なま》っ白《ちろ》く気色の悪い」印象など、どこにも無い。

「宗次先生……」

美雪はお会いしたいと思いながら何年もお会い出来なかった懐かしい人を見つけたような気がして、気持はたちまち御影石の階段を小駆けに降りていたが、そこは西条家の女《ひと》として丁重に御辞儀をすることを忘れず、次に一段一段を静かに降りて宗次先生に近付いていった。

「お知らせしておきたい事がございやして、朝このような刻限に訪ねて参りましたが、ご迷惑ではありやせんでしたか」

　宗次先生に先に声を掛けられて、微笑みながら控えめに頭《かぶり》を横に振った美雪の様子を、与市が脇門から少し顔を覗かせ「はて？」といったような怪訝《けげん》な目つきで眺めていた。

「私《わたくし》はこれから、昨日《きのう》の野点の御礼に侶庵先生をお訪ねするところでございました。遅めの午前中にお訪ねするのが宜しいかと思っておりまして」

「そうでしたかい。じゃあそこまでご一緒に歩きながら、お話しさせて戴いてよござんすか」

「はい。けれど私《わたくし》のためにお忙しい宗次先生の大事な刻《とき》を頂戴して御迷惑になりは致しませぬでしょうか」

「なんの。構いやせんよ。じゃあ、参りやしょう」

　美雪は脇門から与市が顔を少し覗かせていることを承知していた。承知しながら、先に歩き出した宗次先生に追い縋《すが》るようにして肩を並べ、（与市はきっと誰にもこのことを話しはせぬであろう）と確信していた。

　そう確信するに足りるほど下男頭の与市は己れの身分立場に遠慮しつつも、

自分の幼い頃から何くれとなく目をかけてくれていることを忘れていない美雪だった。

「今日もかなりの春冷えでござんすが寒くはありやせんかい」

美雪はやさしく宗次先生に訊かれたが、さすがに昨日《きのう》の今日のことであるから「手が冷たい」とは言えず「今日は大丈夫でございます」と返し、すぐに後悔した。

その後悔をわれながら可愛く思って、美雪は心を熱くしてしまった。

「美雪様にお知らせしておきたい事と申しやすのは……廣澤和之進様のことでございやしてね」

「え……」

宗次先生と思いもかけずに再会できたことで温かく波立ち始めていた美雪の気持が、廣澤和之進と聞いてたちまち鎮まり出した。

「あのう……夫であった和之進様に何かございましたのでしょうか」

夫であった、は余計だったかと言ってしまってから美雪は気付いた。

「昨夜、私《あっし》はあれから廣澤和之進様と美雪様の後ろから付かず離れずで周囲《まわり》に用心を払いつつ西条家の御門前まで参りやした」

「まあ、それでは私《わたくし》たちのことを心配下されて宗次先生は……」と、美雪は言葉を詰まらせてしまった。

「へい。出過ぎた心配をしているとは思いやしたが、ああいった闇討ちを遣《や》らかす連中てえのは、一度しくじると取って返すことが多いもんでござんすから」

「ありがとうございます。そうと知っておりましたならば今日は何があろうとも一番に宗次先生のお屋敷をお訪ね致しましたものを」

「ははは、美雪様がお訪ね下さるような所には住んじゃあいません。お屋敷などと言われやすと身が縮まってしまいやす。それよりも美雪様。廣澤和之進様のご逗留《とうりゅう》先は御存知でいらっしゃいやすので？」

「いいえ。西条家の門前で別れるまでの間、和之進様はそれについては一言も仰ってはくださいませんでしたし、私《わたくし》も江戸藩邸であろうと思い込んでおりましたゆえ、お訊ねも致しませんでした」

「やはりそうでしたかえ。そんなこっちゃあねえかと思うておりやしたよ。和之進様は江戸藩邸ではなく、江戸橋北の堀留にあたりやす小舟町《こぶなちょう》の船宿『川《かわ》ばた』にお泊まりでございやす」

「では宗次先生は昨夜、その船宿『川ばた』まで和之進様を見守って下さっていたのでございますか」

「見守るなんてえ力など私《あつし》にはござんせんよ。せめて何処にお泊まりかぐらいは知っておいて、美雪様にお知らせしようかと思いやしただけで……」

「申し訳ございませぬ。そのようなお気遣いをして戴いて宗次先生の大事なお体に万が一のことがあっては大変でございます。どうぞ……どうぞ、ここまでにして下さりませ」

前を向いたまま訴えるようにして言う美雪の語尾は震え、目は潤みはじめていた。打貫流剣術を極めた廣澤和之進を負傷させるほど腕の立つ昨夜の刺客だったから、その刺客がおそらく絵筆より重いものを持ったことがないであろう宗次先生に狙いを変えたりすれば、闘い云云《うんぬん》を口にする以前に無残な結果となることは目に見えているような気がするのだった。

腕の立つ和之進様が多少の傷を負うことぐらいは許されても、浄善寺の「念《ねん》誦《じゅ》の間」に霞桜の紅葉をあざやかに描き切った宗次先生の体は一寸の傷を負うことも許されないのだ、と美雪は思いつめた。

「美雪様がそう仰いやすなら、へい、私《あっし》は出過ぎた動きは控えやしょう。確かに町人に過ぎねえ私《あっし》がお侍様の騒ぎの面前へ出過ぎりゃあ、昨夜よりも大層な騒ぎになりかねやせんからね。ただね、船宿『川ばた』にゃあ廣澤和之進様の他にお仲間と思われる身形《みなり》の悪くない五、六人のお侍《さむれえ》が泊まっていらっしゃいやす」

「五、六人の侍がでございますか」

「浪人じゃあございません。身形から見ておそらく同じ藩の方方《かたがた》ではないかと思われやす。それだけは知っておかれた方が宜しゅうございやしょう」

「はい。よくわかりました。屋敷へ戻りましたなら、父上にもそのように申し伝えますけれど、その際、宗次先生のお名前を出しても宜しゅうございましょうか」

「構いやせん。それじゃあ、私《あっし》は此処いら辺りで失礼させて戴きやしょう。これから日本橋の絵仕事場へ出かけねばなりやせんので……ごめんなすって」

宗次先生が軽く腰を折ってくるりと背中を向けて歩き出したので、美雪は引《ひ》き摺《ず》られるようにして二、三歩そのあとを追ってしまった。

昨夜にくらべて余りにも淡淡としているような宗次先生の話し様であり態度であるように感じられて、美雪は冷え冷えとした気持に落ち込んでいった。

(やはり宗次先生ほどの御人《おひと》になると婚家を追い出された私《わたくし》のような者には関心をお示しにならないのだ……)と、美雪は押し寄せてくる何とも言えぬ寂《せき》寞《ばく》感に打ちのめされ、滲《にじ》みあがってくる涙でもう宗次先生の後ろ姿が見えなかった。

とぼとぼとした足どりで美雪は、宗次先生が去った方角とは逆の方へと歩き出した。

自分がいまどのような様子で、どのように情けない表情をしているのかよく見えていた。すると何故か急に廣澤和之進の顔が目の前に現われたり消えたりを繰り返し始めた。

(あなたなど嫌いでございます。……大嫌い)

美雪は目の前の和之進に対して胸の内で叫んでみた。

大粒の涙が両の目からこぼれ落ちた。

十一

何故《なぜ》このような場所に、と美雪は心細気《こころぼそげ》に辺りを見まわした。随分と長いこと何を眺めるでもなく堀川端の大柳《おおやなぎ》の陰に立っているという意識はあったというのに、何のため此処に立ち尽くしているのかについて考えるだけの気力を失っていた。幾本もの柳の垂《た》れ枝《えだ》がすぐ目の前で春の風に吹かれて揺れているのに、鬱陶《うっとう》しいと思う気持さえも無い。まるで波に弄《もてあそ》ばれている小船に我を失って乗っているかのような気分だった。

「あのう、どうかなさいましたか」

不意に背中から声をかけられて美雪は驚き自分を取り戻したが、それでもさして慌てることもなくゆっくりと振り向けた。

左手に水桶《みずおけ》を提《さ》げ、滴《しずく》を垂らしている柄杓《ひしやく》を右手にした十四、五歳に見える町娘《まちむすめ》が目の前に心配顔で立っている。水を撒《ま》いていたのであろう、七、八歩先、道の反対側にある「味元《あじもと》」の暖簾《のれん》を下げた蕎麦屋《そばや》の店先で、地面が水を吸って黒い広がりを見せていた。江戸の蕎麦屋というのはどこも、店先で砂埃《すなぼこり》が舞うのを嫌う。

「此処で人を待っているのです。そなたに心配をかけてしまいましたか」

美雪の笑顔に気圧《けお》されたのか、町娘は正直そうな丸い頰を赤らめ、「すみません」と頭を下げてから「足をお休めになるだけでも店《うち》をどうぞお使いください」と、蕎麦屋の方へ視線をやった。

「ありがとう。お蕎麦屋『味元』の娘さんですね」

「はい、そうです。キヨと言います」

「この次、此処へ訪れた時には必ずお店に立ち寄りますよ、キヨさん」

「お待ち致しております。失礼致しました」

町娘は間近で見た美雪の印象から当たり前でない大家の姫君とでも判断したのであろうか、生唾《なまつば》を一度のみ込んでから頰を赤くしたまま逃げるようにして蕎麦屋の方へ小駆けに戻っていった。

町娘に声をかけられた御蔭《おかげ》で美雪の神気《しんき》はようやくのこと澄み出した。

美雪は蕎麦屋の店口《たなぐち》の障子の陰から顔半分を覗かせている町娘キヨに微笑《ほほえ》みかけてから、然《さ》り気無《げな》さを装って体の向きを戻した。

目の前に垂れて揺れている大柳の枝枝の向こう間近に、堀川に架かる道浄《どうじよう》橋があって、その橋の袂《たもと》と隣り合うかたちで、表を閉ざした二階建の船宿「川ばた」が在《あ》った。

野点の御礼で侶庵先生を訪ねるつもりの私《わたくし》が、なぜこのような場所にまるで夢の中を泳ぐようにして訪れてしまったのか、と美雪は理解に苦しんだ。一つだけはっきりとさせておきたい事は、私《わたくし》は決して和之進様に会いたくて此処へ来たのではない、と思いたい事だった。この気持には自信を持ちたかった。

であるのに訪れてしまったのはどうして、と自問自答すると何故か宗次先生の姿が瞼《まぶた》の奥に浮かびあがってくる。

少し前にお別れした宗次先生のお言葉も表情も昨夜《ゆうべ》に比《くら》べるとお優しさがなく何だかよそよそしい。先生が余りにも昨夜《ゆうべ》とは違い過ぎていらしたから、私《わたくし》は来なくてもよいこのような場所に佇《たたず》むことになってしまったのかも知れない。

そう思うことに致しましょう、と美雪は自分に寂しく言って聞かせた。

美雪は大柳の太い幹に体を合わせるように近付けて、船宿「川ばた」を見守った。けれども、これから先どのような行動を取ってよいのかについては、よい考えが思いつかない。何のために此処へ来たのか自分でも判っていないせいでか「仕方がないから屋敷へ戻りましょう」という気も起きない。

昨夜《ゆうべ》和之進様のあとを「川ばた」まで心配して尾行なさった宗次先生だから、もしかして今日も私《わたくし》を何処かその辺りで見守って下さってはいらっしゃらないだろうか、と美雪は堀川端に沿って視線を泳がせてみた。

と、美雪のその表情に突然、恐ろしいものでも見つけたかのような驚きが広がった。

美雪は大柳の太い幹に思わず体を横向きに隠して張り付けてしまった。

「あの侍たちは確か……」

と呟いた美雪はそれまでの今にも泣き出したくなるような寂しさなど忘れてしまったかのように、柳の垂れ枝の間に窺《うかが》える「川ばた」の三軒右隣の一膳《いちぜん》飯屋《めしや》に厳しいまなざしを注いだ。

その一膳飯屋の薄汚い「さけめし美芳《みよし》」の暖簾《のれん》を掻《か》き分けるようにして出て来た身形《みなり》の悪くない三人の大柄な侍が、飯屋の店前で三軒向こうの「川ばた」の二階をじっと見上げている。三人とも、いかつい顔つきだ。

あの身形顔つきは、そうだ昨夜《ゆうべ》和之進様を襲った五人の侍の内の三人に間違いない、と気付いて端整な表情を引き締めた美雪であったが、このあとの自分の動き方にたちまち迷った。和之進様は私を一方的に捨てさった今は他人様、だから心配など御無用、という囁きが耳の奥でざわつき出す。

船宿「川ばた」にゃあ廣澤和之進様の他にお仲間と思われる身形《みなり》の悪くない五、六人のお侍《さむれえ》が泊《と》まっていらっしゃいやす、と宗次先生から教えられていただけに、ともかく美雪は先ず途方に暮れることにした。

「元の夫」という和之進に対する複雑で腹立たしい気持が、途方に暮れてみせる事しか思いつかせなかった。

心の奥深くでぐつぐつと鈍い音を立てて沸騰しかけている反発心が、「それでいいのですよ」と言ってくれるような気がしたし、それに無性《むしょう》にそのような自分の姿が物悲しく哀れに思えたから、美雪は柳の木の下からつい、と離れ「川ばた」に背を向けて歩き出した。

けれども後ろ髪を引かれる思いはさすがにあった。幾歩も行かぬうちに立ち止まってしまった美雪はこれがかつての夫に対する、ひょっとして未練というものであるのだろうかと口惜《くちお》しくなった。夜ごと乳房に戯《たわむ》れてくる夫だった人の手の蠢《うごめ》きなど思い出したくもないのに余りにも鮮明に頭の中に蘇《よみがえ》ってしまって、「いや……」と美雪は鳥肌立った。

「あなたなんか……」と投げ遣《なげや》り気に呟いた美雪が、それでもそっと振り返ってみると、大柄ないかつい顔つきの侍三人はまだ「川ばた」の二階を見上げている。

打貫流剣術の達者である和之進様なら三人の侍にたとえ踏み込まれたとしても遅れを取ることはあるまい、と美雪は思うことにした。肘に受けた傷も幸い大したことはなさそうであったからと。

しかしそのあと直ぐに、幾ら夫婦の縁が切れた相手であるとはいっても昨夜の刺客が身近に迫りつつあることぐらいは元の妻として知らせる義務とかがあるのではないか、と美雪は気持をぐらつかせてしまった。

私《わたくし》を一方的に捨てさった今は他人様への心配など御無用、という囁きが耳の奥にあってまだ間《ま》が無いだけに、なさけなく気持をぐらつかせたことで、美雪の精神《こころ》の状態はますます混迷を深めた。

（あなたが悪いのです。何もかも……）

美雪は胸の内で和之進に対してではなく自身に向かって言い聞かせて肩を落とし、その癖《くせ》その足はなんと大柳の方へと力なく戻り出していた。

いや、誰が見ても〝迷い足〟にしか見えないその歩みは、ついに大柳の前を通り過ぎて船宿「川ばた」に近付いていった。用心しつつ、といった按排《あんばい》など微塵《みじん》も窺わせぬ〝迷い足〟であったから件《くだん》の侍三人が気付かぬ方がおかしい。

しかも、廣澤和之進を襲った五人の刺客ならばそのうちの誰かは、昨夜騒動の場へ駆け寄った美雪の美貌《びぼう》を見覚えている筈である。

案の定、船宿「川ばた」を見上げていた侍三人の内の一人が「おい……」という顔つきになって仲間の一人の袖を引き、顎の先を小さく美雪の方へ振ってみせた。

たちまち侍三人の表情が申し合わせたように「あれは昨夜《ゆうべ》の……」となって頷き合い飯屋の店前から離れ出した。

侍たちのその様子で「気付かれた」と美雪には直ぐに判ったが、そのことで〝迷い足〟にうろたえが加わることなどはなく、逆に覚悟を決めたかのように歩みは速まった。

少し屈《かが》むようにして「ふなやど」と染め抜かれた暖簾《のれん》を潜った美雪は、案内を乞うこともなく「川ばた」の表口の障子を落ち着いた様子で開けて中へと入った。

が、「あ……」と思わず美雪は背中を反らせた。

土間の上がり框《がまち》に五人の若侍たちが旅立ちと判る拵《こしら》えで腰を下ろし、武者《むしゃ》草鞋《わらじ》の緒を締めているところだった。

その内の一人が顔を上げて美雪と目を合わせ、矢張り「あ……」という驚きの表情となる。

「こ、これは美雪様……」

「高山史市郎《たかやましいちろう》殿……」

二人のその遣《や》り取《と》りで、あとの四人の若侍が武者草鞋の緒を結んでいた手を休めてほとんど一斉に面《おもて》を上げて美雪を見た。

「な、なんとまた……」とか「これは一体……」とか、それぞれが呆然とした言葉をうろたえ気味に口にしてから、揃って思い出したかのように立ち上がって丁寧に腰を折った。

はっきりと立場・身分の違いを表している侍たちの美雪に対する作法であった。

「思いがけない所でお目にかかりましたこと。皆様お元気そうでなによりですね。これより旅立ちでございますか」

旗本六千石の大家を生家《さと》とする美雪の余裕が若侍たちを前にして表にあらわれた一瞬であった。

威張ったところのないそれでいて凛《りん》として美しい美雪の物静かな言葉だけに、かえって威圧を感じさせるのか侍たちの間にみるみる硬直感が広がっていく。

宗次と肩を並べて歩いている時とは明らかに違った気位《きぐらい》が美雪の体から穏

やかに放たれていた。

「廣澤様の御指示を受けまして、これより急ぎ駿河へ戻るところでございまする」

板の間の奥まったところに船宿の帳場があって七十歳過ぎくらいに見える老婆が小さな体を座らせていたから、高山史市郎とやらが声を抑え気味にして言った。

「そうでしたか。それはご苦労様です。道中くれぐれもお気を付けなさいますように」

「ありがとうございまする。あ、廣澤様のお部屋でございますが二階の一番奥の見晴らしの利く窓付きのこの船宿では一番広いお部屋でございます」

気《き》を利かせた積もりで付け加えた高山史市郎の丁重な言葉に「ええ、承知いたしております」と、口元に笑みを浮かべて美雪は答えた。この場合、そう答えるより他はない、と思った。

「そなたを離縁したことは暫くの間、藩の誰に対しても伏せておく」と和之進に繰り返し言われてのいきなりな離縁であったから、若侍たちの前では藩の重臣である「御中老」六百石廣澤家の嫡男夫人を演じてみせた美雪だった。

そしてその直後に訪れたひりひりと胸の内が痛むような虚しさを、美雪は耐え忍んだ。

「では行って参ります」

五人の若侍たちは昨夜《ゆうべ》、和之進が刺客に襲われたことを知らぬのか、知っていても口外してはならぬと和之進から強く言われているのか、美雪にはそれらしい事は何も告げず控えめな笑みと一礼を残して船宿から出て行った。

それだけに美雪も、一膳飯屋から現われた昨夜《ゆうべ》の刺客が船宿を見張っていたことについては若侍たちに打ち明けなかった。今まさに旅立とうとしている五人にそれを告げることによって、足並みに乱れが生じ旅立ちの目的が狂うかも知れないことの方を恐れたのだった。

美雪は藩御中老家の嫡男夫人として五人の若侍たちを見送るためと、刺客三人の様子を確かめたい気持もあって船宿の外へ半ばおそるおそる出てみたが、刺客たちの姿はすでに消えていた。

五人の若侍たちが前に三人、後ろに二人のかたちとなって次第に遠ざかっていく。

後ろの二人の左側、やや太り気味な体格は高山史市郎と美雪にはわかった。美雪が真っ直ぐな綺麗な姿勢で佇《たたず》んで暫く見送っていると、その高山史市郎が見送られている気配を感じ取った訳でもあるまいが、振り向いて足を止めきちんと御辞儀をした。

その御辞儀の仕様から余程に律儀《りちぎ》な性格と改めて知る美雪だった。

美雪は、遠くなった相手から見えていようが見えていまいが、静かな気位を拵《こしら》えた笑みだけを相手に返した。高山史市郎の御辞儀に対して御辞儀を返すことは、藩「御中老」六百石廣澤家の嫡男夫人としてはすべきではないと心得ている。つまりそれが武家社会における上下の作法であった。

和之進にとって高山史市郎は打貫流剣術の同門ではあったがしかし、高山家は藩の平士《ひらし》二百石の家柄でしかない。

和之進や高山史市郎が仕《つか》える藩主（大名）の下には、筆頭家老、次席家老、御中老（番頭《ばんがしら》とも）とあってこの三役が「藩重臣」に相当し、更に物頭《ものがしら》、平士《ひらし》（番士とも）と続いて、ここまでが上級武士として「御目見《おめみえ》」の地位にあった。

そして「御目見」より下の下級武士として徒士《かち》、足軽《あしがる》、さらに中間《ちゆうげん》、小者《こもの》、と続くのである。

指揮命令系統は「御中老」が平士を支配下に置き、物頭は徒士以下の下級家臣を指揮していた。

藩の軍則に従えば、「御中老」支配下の平士は騎乗を認められ槍持ちなど少数の従者（若党・小者）を許されている藩では中堅に位置する将兵だった。これに対し物頭の指揮下にある徒士以下、足軽、中間、小者に至るまでは歩兵であって、徒士は槍を、足軽は鉄砲または弓を武器として且《か》つ藩旗を持った。

美雪は若侍たちの後ろ姿が彼方の辻を左へ折れてすっかり見えなくなってから、船宿の中へ戻った。

帳場にその小さな体をまるで沈み込ませるようにして座らせていた老婆が、上がり框に座る位置を移して美雪が土間に引き返してくるのを待っていた。

「無事にお発ちになったようでございますね」

船宿における若侍たちの動静から徒《ただ》ならぬものを感じ取っていたのか、老婆はにこりともせずに声低く言ってから、深深と頭を下げた。

「皆が何かと世話になっております。二階の連れの者ゆえ上がらせて戴きますよ」

「はいはい、どうぞお上がり下さい。すぐにお茶などお持ち致します」

「いいえ。お茶はいりませぬ。内輪《うちわ》な話で参りましたから」

「あ、左様でございますか。承知致しましてございます」

老婆は額《ひたい》を板の間《ま》にこすり付けるくらいまで、また頭を下げた。

美雪は気後《きおく》れすることのない様子で帳場そばの急な階段に近付いて行き、階段の下へ誰か近付いてこないか着物の裾が乱れぬように気配りしつつ二階へと上がった。

軋《きし》みのひどい薄暗い階段だったが、思いのほか明るく広めな二階の廊下であったから、美雪はほっとして肩にこもった力を緩めた。

このような場所を訪れるのは、今日がはじめての美雪である。旗本大家の息女として不良浪人の溜まり場となったり、身性《みじょう》よくない常連の客の中には不義密会の場所として使っている者が少なくないことさえも美雪は知らない。

廊下を一番奥まで進んでから、この部屋であろうかと美雪は立ち止まった。

どういう意味があるのであろうか障子に指先であけたらしい穴が二つあいている。

その破れ様が、外側から内側へ指先を突いたらしいことを物語っていた。

「ごめん下さりませ和之進様」

美雪は自分の名は告げずに障子の前に正座をして、澄《す》みきった抑え気味な声をかけてみた。何かを期待してとか心配してとかで訪ねてきた訳ではないのに、胸がやや不規則に高鳴り始めていることを美雪は不快に思った。いや、不快に思わなければならない、と意識している自分に気付いて、それにより尚のこと追い詰められていつもの平常心を乱した。

美雪は口元を引き締めて中からの返答を待った。二度、声をかける積もりはなかった。和之進様が部屋の中に居ようが居まいが返答が無ければ帰る、と自分に言って聞かせた。そうしなければ、不快で不規則な胸の高鳴りに打ち勝てないような気がした。

（あ、いらした……）と美雪はその気配を捉えた。返事はなかったが人の気配がこちらへと近付いてくるのが判った。

障子が静かに開いて、視線を下げて正座の姿勢を低めにしていた美雪は和之進に違いない見馴れた足をすぐそこに認めた。

「どうしたのだ、このような場所へ……ま、入りなさい」

美雪は「はい」とだけ答えてゆっくりと立ち上がると、出来るだけ表情を拵《こしら》えずに和之進と目を見合わせてから部屋の中に入り、自分の手で障子を閉めた。

和之進は刀傷を受けた体を休めていたらしく、部屋の窓寄りに薄っぺらな寝床が延べられてあった。

古くてこすり傷の目立つ小さな座卓を挟んで二人は向き合った。

「お怪我《けが》の具合は如何《いかが》でございましょうか」

と訊ねた美雪であったが、なるべく声の調子を他人行儀となるように努めた。するとどうしたことか、ほんの一瞬ではあったが宗次先生の顔が目の前を過《よ》ぎって美雪の頬に、やわらかな朱が走った。

「それを心配して様子を見に来てくれたのか」

美雪の頬に不自然な朱が走ったことなどむろん気付かなかったのであろう和

之進は、それでも何やら疑わし気な眼差《まなざ》しをつくって訊ねた。

美雪は和之進の問いには答えず「お医者様は?」と訊ねたが、和之進もそれには返答せず「美雪はどうして私がこの船宿にいると判ったのだ」と早口となって切り返した。疑わし気な眼差しのままであったが口元にわざとらしく拵えたやさしそうな微《かす》かな笑みを覗かせていた。

「昨夜《ゆうべ》、屋敷の前まで和之進様にお送り戴きましたあと、そっと後をつけさせて戴きこの船宿に逗留なさっていると知りました」

「どうして後をつけるようなことをしたのだ」

「左の肘に刀傷を受けたかつての夫の身を私《わたくし》が心配するのは不自然でございましょうか」

「いや、そういう訳ではないが」

「お医者様は?」と、美雪は表情にも口調にも心配している振りをなるべく強めぬよう工夫して再度訊ねた。

これが私《わたくし》を一方的に離縁した理不尽《りふじん》な和之進様に対する精一杯の反発だ、と美雪は思った。

「医者に診《み》て貰《もろ》うて、受けた刀傷の原因をあれこれと訊かれるのは面倒と思うてな……で、医者は呼ばなかった。だが少し熱が出てきておる」

「傷口の熱でございましょうか」

「傷口も火照《ほて》ったように熱いが、額《ひたい》も炭火をのせたようにな」

「まあ……」

と、美雪は眉を顰《ひそ》めてみせたが、座卓の向こうへ身を傾けて和之進の額に掌《てのひら》を当てる所作などはとらなかった。それは妻の立場にある女《もの》の役割だと思ったから。

「熱が下がるまでお体をお休めなさっていた方が宜しゅうございましょう。下の帳場に頼んで何か滋養となるものを外から取り寄せてみましょうか」

「必要ない。大丈夫だから私のことには構わないでくれ。それよりも、たったいま高山史市郎ほか四名をこの船宿から駿河へ向けて発たせたのだが、出会わなかったか」

「下でお会いしました。皆様お変わりなく、お元気なご様子でした」

「あまり元気でもないのだが、元気を装うしかないと思うているのだろう」

「昨夜《ゆうべ》、たった一人の和之進様に対してあのように幾人《いくにん》もの刺客が現われたということは、藩でのごたごたは相当に深刻なのでございますか」

「美雪の知らなくてよい事だ。下手に関《かか》わると昨夜《ゆうべ》私に襲いかかってきたような危《あや》うい事態が、其方《そなた》の身にも降りかかりかねない」

「私も幕府大番頭西条山城守貞頼の娘でございます。しかも和之進様の妻であった立場でございまする。藩のどのような騒ぎに和之進様が巻き込まれておられますのか、大凡《おおよそ》のことでも打ち明けて下されませ」

「美雪は将軍家の重臣を父とする旗本大家の息女ぞ。わが藩にいま何事が生じているのかを其方《そなた》に打ち明けることなど出来ぬわ」

「ご自身の身分立場とか今後の立身出世に支障が生じるとでもお考えでございましょうか」

「正直言ってそれもある……が、いくら妻であった其方《そなた》に対してであっても、藩の内実については打ち明けられるものではない。ましてや将軍家側近を父とする者に対しては特にな」

「なさけなや」

「それが打貫流の剣術を極めなされた武士《もののふ》の、かつての妻に対するお言葉でございましょうか。なんという小心。和之進様は、決して其方《そなた》を嫌《きろ》うて離縁するのではない、と仰せになりましたが、あのお言葉は口からの出任せでござりましたか」

「なにっ……」

「どのように私を面罵《めんば》してもよい。美雪にとって大事なことは、二度とこの船宿の敷居を跨《また》いではならぬという事だ。約束してくれ」

「わかりました。お約束致しましょう」

「だが、離縁に際して美雪に告げた、其方《そなた》を嫌うて離縁するのではない、という言葉に嘘偽《うそいつわ》りはない」

「いいえ、美雪は、詭弁《きべん》だと思うておりまする」

「違う……ならば、その証《あかし》をいま其方《そなた》に見せてくれよう」

和之進の言い種《ぐさ》を皆まで聞かぬ内に、美雪は反射的と言ってよい程に嫌な予感に見舞われていたが、その時はもう手遅れだった。

和之進が思いがけない速さで小さな座卓の向こうから回り込み、美雪は右の腕《かいな》を引っ張られるようにして薄汚れた畳の上に倒されていた。

「なにをなされます」

美雪はのしかかってくる和之進の体を両手で突き離そうとしたが、かつての夫の荒荒しさはまるで体の隅隅《すみずみ》に溜め込んだ炎《ひ》を一気に噴き上げたかのような激しさだった。

「無体な。およしなされませ」

「よいではないか。な、よいではないか。ずっと其方《そなた》の体を忘れられないでいたのだ」

眦《まなじり》を吊り上げ息を荒らげて何としても胸元へ手を滑り込ませようとする和之進の左右の頰を、美雪は夢中で平手打ちした。

かわいた音が二度鳴って、和之進の両の眼《まなこ》が尚のこと、くわっとなる。

「打て。いくら打ってもよいぞ、打て。私はお前がかわゆい」

「大声で宿の者を呼びます。およし下さい」

「おおよいとも。さあ叫べ。叫ぶがよい。これは夫婦の和合ぞ。誰にも邪魔はさせぬ」

「卑劣な」

「あっ」

すっかり自分を見失ったかのような狂乱の態《てい》で今にも美雪の胸元を開かんば口元を歪めかんばかりであった和之進が、小さな叫びを放《はな》つや大きく背を反《そ》らせた。口元を歪め左手で右の手の甲を押さえている。

「無礼者……おさがりなさい」

と、相手を押し退《の》けよろめきながら立ち上がって後退《あとずさ》った美雪の手には懐剣《かいけん》が握られていた。

右手の甲を切られ痛そうに口元を歪めていた和之進の表情が、美雪が懐剣を手にしていると判って次第に悄然《しょうぜん》となっていく。

「美雪……お前」

「あなたなど……大嫌いです」

きつい調子で美雪はそう言い放つと、懐剣を手に和之進を睨みつけたまま障子を開けて廊下に出た。旅人客の多い旅籠《はたご》とは違って、日の落ちるまでは不義密会などの利用客が少ない船宿であることが美雪に幸いした。廊下は静まり返り、障子がきちんとは閉じられていないどの部屋にも客がいる様子はない。

懐剣を鞘に納めた美雪は乱れた襟元《えりもと》を調え、髪を三度、四度と手指の先で撫《な》で梳《す》きながら階段を平静さを装って下りていった。

（あなたなど大嫌い……）

美雪は胸の内でもう一度叫んでみた。そうしないことには、なんだか悔しくて今にも涙がこぼれそうだった。

一階に下りてみると、帳場に座っている老婆が生き返りでもしたかのように、若い衆二人を前に座らせて何やらてきぱきと大きな声で指示を出していた。積荷がどうの、船主がこうの、とだけは美雪にも理解できたが、川掛り口《くち》銭《せん》をどうしろこうしろは何のことやらさっぱり判らず、和之進への腹立たしさに庶民のことが余り理解できぬ心細さが加わった。

「あのう、私《わたくし》はこれで失礼いたします」

美雪は老婆の横顔にそう告げると、板の間から土間へと下りた。

「これはまあ、お茶もお出し致しませず」

美雪は老婆が慌て気味に背中に近付いて来たと感じたが「いいえ」とのみ

答えて朝の陽《ひ》が眩《まぶ》しい外《おもて》に出た。

十二

船宿「川ばた」からほんの少し行ったところで美雪はあまり芳《かんば》しくない予感に見舞われて歩みを緩《ゆる》め、そして立ち止まり振り返ってみた。

芳しくない予感は当たっていた。船宿「川ばた」の窓の障子を開けて、右手の甲を左手で押さえたままの和之進が、むすっとした顔つきでこちらを眺めている。その様子から、手の甲の傷はどうやら大したことはなさそうに思われた。

「見つめないで下さいまし」

と呟いた美雪は振り返らねばよかった、と自分のあやふやさを腑甲斐《ふがい》無《な》く思った。このような芯《しん》の弱い自分であるから、他人様となった和之進に付け入る隙《すき》を与えてしまったのであろうと歯痒《はがゆ》くて仕方がない。

（和之進様は藩の騒動では負け組ではございませぬのか。それゆえ藩江戸屋敷

ではなくそのように薄汚い船宿に泊まらざるを得ないのでございましょう）

いい気味でございます、と美雪はこちらを見続けている和之進に胸の内で告げると、踵《きびす》を返して歩き出した。

船宿にひとり残された和之進様が踏み込まれた刺客に襲われるかも知れないことなど矢張り心配するべきではない、と改めて自分に強く言って聞かせた。

江戸には「川ばた」のように不義密会の場所となるような小体《こてい》で薄汚い船宿が堀川端のそこかしこに少なくなかった。

しかし本来の船宿というのは活気あふれた船乗りのための宿を指し、同時に錨《いかり》、網、食料品など航行に欠かせない「船舶用品の調達機能」や時には積荷を売買する「問屋《とんや》商《あきな》いの機能」などをも併せ持っていた。

「川ばた」のような小体で胡乱《うろん》な雰囲気の船宿は「小宿」とか「付船」と呼ばれたりして川船船頭や小廻し船の船頭が泊まったりすることが多く、したがって船宿としての上がり（利益）も大したことがないため、いつしか恰好の不義密会の場所となったりもする。

美雪は石秀流茶道の本拠でもある侶庵先生が住む旗本屋敷へと足を急がせた

が、途中で「このまま訪ねるべきではない」と気が抜けたようになってしまい、稲荷《いなり》神社の角を右へ折れて力を失った歩みは自邸の方へと向きを変えた。和之進に襲われて汚れ寸前だったこの体で侶庵先生を訪ねたりすれば、何かあったのではないかと見抜かれるに決まっていると、それが怖かった。

自分は今これ迄に経験したことがないような悲しみと悔しさに打ちのめされている、と美雪は被害者意識を高めた。そうでもしないことには、和之進への憤《いきどお》りが容易に鎮まりそうにない。たとえかつての妻ではあっても離縁された以上は元の夫であろうとも手指一本からだに触れさせるものですか、と美雪は和之進への嫌悪を自身で煽《あお》った。が、それはもしや誰かのためを思って煽っているのではないかという疑いが薄《う》っすらと頭を持ち上げ出してもいた。けれどその靄《もや》がかかったような疑いをはっきりとした意識に変えて、それがため誰かの姿形が目の前に鮮明に思い浮かぶようなことがあっては不謹慎となる、と自分の狼狽《ろうばい》しかけた感情を抑え込む美雪だった。

「あ、これは西条家のお姫様……」

丸い平桶を天秤棒《てんびんぼう》の両端に下げ「魚清《うおせい》」と染め抜いた法被《はっぴ》を着た老爺が、慌てて平桶を地面に下ろすや額に巻いた手拭《てぬぐ》いを素早く取り、慇懃《いんぎん》に腰を折った。

「まあ、『魚清』の矢助《やすけ》ではありませぬか。今日も精が出ますね」

美雪はどんよりと重く湿った気持を振り払う無理をして、笑みを拵《こしら》えた。

西条家の膳部方《ぜんぶかた》に出入りしていつも活《い》きのよい魚介を届けてくれる矢助という元気のよい老爺であった。美雪の幼い頃から屋敷に出入りしているせいで、いまだ「お姫様……」と呼ぶことが続いている。

「つい今し方、目の下一尺五寸はありやす鯛《てえ》を活《い》きたままお屋敷へ届けさせて戴きやした」

「それはご苦労様。楽しみに頂戴致しましょう」

「今日は春冷《はるび》えが少しきつうございやすから、お造《つく》りが宜しゅうございやしょうと膳部方へ申し上げておきやした。頭《かしら》の方は汁物《しるもの》にでもお使いになって味わって下さいやし」

「はい。ではは屋敷へ戻りましたら私《わたくし》からそのように台所の方へ念を押しておきます」

「じゃあ、ご免なさいやし。春冷え風邪《かぜ》にどうぞ御用心なされますように」

「はい。矢助も体に気を付けて頑張りなさい」

「これはどうもお姫様。恐れいりやす」

老爺は額に手拭いを巻くと、丁重に一礼して天秤棒を担《かつ》ぎ足早に離れていった。

美雪は、幼い頃から見知っている人の善《よ》い矢助と出会ったことで、荒《すさ》んだ自分の気持が少しばかりほのぼのと和《なご》んだように思えた。夫に付き従って江戸を離れ駿河へ赴いたことを知っている筈の矢助なのに、「お里帰りでございましたか」とも訊かぬ矢助の口数の少なさが美雪は幼い頃から好きであった。

気持が和《なご》んだせいか今まで見えていなかった人の往《い》き来《き》や通りに並ぶ様様な店の構えが目に付くようになって、「いつの間《ま》にここまで来てしまったのでしょう」と美雪の歩調がいつものようにゆったりとなった。船宿「川ばた」からすでにかなり離れた所まで来ていたこの界隈《かいわい》は、菊乃と共にこれまで幾度となく訪れている。たしか雛壇《ひなだん》にお供えする霰《あられ》菓子の老舗《しにせ》「三春堂《みはるどう》」はこの辺りの辻角であったはず、と見まわしたがそれらしい店は見当たらず、代わってすぐ先の辻角にある伏見酒《ふしみざけ》の江戸本舗「京町屋《きようまちや》」の宏壮な入母屋《いりもや》造りが目にとまって、美雪の表情が「あ、そうそう……」となった。

「京町屋」の主人《あるじ》烏丸精右衛門《からすませいえもん》は、京《みやこ》で苗字帯刀を許された旧家の嫡男で、酒造りが代代の家業であった。銘酒「桃山《ももやま》」が天下一品として古くから知られており、江戸における伏見酒の売上が伸び続けていることで嫡男精右衛門が十七年前に江戸へ乗り出して直営の本舗を設けこれを統括していた。

今や将軍家御用達《ごようたし》の「京町屋」である。江戸へ乗り出した当初から精右衛門は西条家への出入りを、伏見酒を好む貞頼から許されており、二人して交わす新酒の盃の席などに、美雪も父に命じられて同席することがあった。したがって烏丸精右衛門の善良な気性をよく知っている美雪である。

とは言っても和之進と別れ生家《さと》へ戻って来てからというもの、精右衛門が父をたずねて西条家を訪れても、美雪はさすがにその席へは出ないようにしていたし父に同席を求められることもなかった。

美雪は「京町屋」へと近付いてゆき、軒の下から地面へと紐《ひも》で斜めに下げ降ろすように張られている「ふしみのさけ」の日除《ひよ》け暖簾《のれん》を左手から回り込むようにして「ごめん下さい」と店の中へ入っていった。

「おや、これは美雪お嬢様……」と、帳場で驚きの声を上げて立ち上がった精右衛門と、美雪はすぐに目を合わせて綺麗な面《おもて》に控えめな笑みをひろげた。

主人《あるじ》の「美雪お嬢様……」という言葉で、店で立ち働いていた奉公人たちの間にちょっとした緊張が走って、美雪に間近な者が思わず二、三歩退がって腰をかがめる。

にこやかに上がり框まで寄ってきた精右衛門が正座をした。

「京町屋」を将軍家に紹介したのは西条貞頼である。

「お久し振りでございますなお嬢様。ご用がおありでございましたなら私の方から出向きましたものを。ともかくさあ、どうぞ奥の間《ま》へお通り下されませ」

と、片膝を立てかけた。

さすが苗字帯刀を許された大商人だけあって京訛《みやこなま》りを表に出すことはなく、また「お久し振りでございますなお嬢様」のあとに「いつ駿河からお戻りでございましたか」などと余計なことを付《ふ》さぬあたり、（やはり精右衛門である……）と美雪は安堵《あんど》した。

「いいえ。今日はこのあと急ぎの用を抱えておりまするから、この場でお願いだけさせて下さい」

「宇治茶《うじちゃ》のいいのが先日、京《みやこ》の母より届きましてございまする。せめて一杯なりと……」

精右衛門は半ば立てかけた片膝をまた下ろして、きちんと座り直した。

「ありがとう精右衛門。またの機会にでもゆっくりと頂戴いたしましょう。酒にお強い父は毎晩のように嗜《たしな》みまするゆえ、膳部方の御酒《ごしゅ》の量がそろそろ寂しくなっておりましょう」

「承りました。それでは直ぐにお届け致しましょう」

「今回は私《わたくし》から父上にと、婿樽《むこだる》を三つばかり父上に直接お届けするようにして下さい」

「婿樽と申せば漆塗りの祝《いわ》い樽でございまするが、何ぞお目出度《めでた》い事でもござりましたか」

と、精右衛門は辺りを憚《はばか》って声を小さくした。

「はい。無いことも有りませぬが、しかし私《わたくし》からは迂闊《うかつ》には口外できませぬゆえ、そのうち父の方から精右衛門にきっと打ち明けることがございましょう」

「気になりまするな。お目出度いことならば、この精右衛門お祝いを遅らせる訳には参りませぬ。そうそう、これより私《わたくし》が婿樽をお届け致しましょう。うん、それでお宜しいですなお嬢様」

「今日の父は登城の御役目がお休みとなっておりますから、精右衛門が訪ねるときっと喜ばれましょう」

「御役目お休みの日ならば尚のこと私《わたくし》がお届け致さねば……ところで美雪お嬢様。今日はいつものお供の方、菊乃殿のお姿が見えませぬが」

「今日は私《わたくし》ひとりで父の許しを得て屋敷を出て参りました」

「あ、それはよろしくありませぬ。このところ江戸の治安は決して安心なものではありませぬから、旗本大家のお嬢様が一人で出歩くなど感心できませぬ。江戸は浪人の数も増えておりまするから」

「大丈夫です。私《わたくし》も歴《れっき》とした幕府大番頭の娘でありまするから油断のないように心がけております」

「ではありましょうが、お嬢様。店《うち》の若い者を三人ばかり供としてお付け致しましょう。そうさせて下され」

「これから日が高くなっていくではありませぬか。心配いりませぬ。父への婿樽三つ、私からお願い致しましたよ。お代はこれで充分に足りまするね」

美雪は予《あらかじ》め掌《てのひら》の内《なか》に調えていた何枚かの二分金を精右衛門の膝前に音を立てぬようそっと置くと、

「お嬢様、お代などは……」

と、声を低く抑えて慌て気味な精右衛門に「お頼みしましたよ」と背を向け、伏見酒の江戸本舗「京町屋」を後にした。それが自身に襲いかかる恐怖の幕あけになろうとは微塵《みじん》も知らずに……。

十三

青葉美しい枝垂《しだれ》柳の並木通りを突き当たって紅・眉墨・白粉《おしろい》の老舗「両国芳賀堂」の二番店（支店）の角を右に折れた美雪は、通りの正面に見えている鬱蒼《うっそう》とした森を目指して歩みを少し急がせた。小高い二つの丘が古墳状に東西に連なっているその谷間にある「建国神社《けんこく》」の森だった。

祭神は武勝昆古名命《たけまさるひこなのみこと》で、戦いに必ず勝たせてくれると信じられている神様を祀っている神社である。大変古い神社であったが、その起原歴史についてはもうひとつはっきりしていない。

幕府大番頭西条家はその広大な「建国神社」の森に沿うかたちで続いている通称「旗本八万通《はたもとはちまんみち》」を四、五町《ちょう》（四、五百メートル）ばかり行った左手に在《あ》った。

柳並木の通りは、その「旗本八万通」と丁字形に接する薬種問屋「淡路屋《あわじや》」の店前《たなまえ》で切れている。

江戸における薬種問屋は日本橋本町《ほんちょう》通りや大伝馬町《おおでんまちょう》に多かったが、この柳並木の通りの薬種問屋「淡路屋」は同業者の中でも老舗ではなかったが西洋薬種に強い大店として知られていた。

この「淡路屋」も西条家へは出入りを許されているので、幾度となく訪れたことがある美雪は店の者に気付かれまいとして「淡路屋」と向き合っている古着屋の方へ顔を向けて通り過ぎようとした。

　だが、それはうまくいかなかった。店前で竹箒《たけぼうき》を使っていた小僧が美雪と気付いて店の中へ引き返し、前もって用意が調《ととの》えられていたかのように二十七、八歳かと思われる男が外に出てきた。

　このとき美雪はすでに「旗本八万通」を我が屋敷の方へと急いでいたが「お嬢様……西条家のお嬢様」と呼び止められ、それが誰の声か予想が出来ていたので立ち止まる他なかった。

　振り返ってみるとやはり予想は当たっていて、「淡路屋」の若旦那文吾郎《ぶんごろう》が腰をやや折り曲げ、もみ手をしながら笑顔で近付いてきた。

「おや、文吾郎久し振りですこと。変わりありませぬか」

「本当にお久し振りでございます。お生家《さと》帰りをなさっておられたとは気付きませんで失礼致しました」

「なんの。文吾郎が失礼致すことなどありませぬ。生家《さと》帰りは私《わたくし》の勝手で、そなたには関《かか》わりなきこと」

　美雪ははじめが大事と思って少しきつい調子で言っておきながら、自分のその調子にじわりと不快を覚えた。

が文吾郎は自分の立場を心得ているからなのか、目を細めた笑顔を崩すこともなく「淡路屋」の方へ「どうぞ……」と言わんばかりに右手を差し流した。

「どうか父安吾郎《やすごろう》に会《お》うてやって下さりませ。江戸を離れて駿河に行かれたお嬢様は元気にしておられるだろうかと、大袈裟《おおげさ》ではなく一日に一度は口に致しまするる」

「安吾郎は息災に致しておるのか」

「はい、元気は元気でございまするが、私の二人の妹を嫁に出してからはぼんやりとする日も多く、薬商《くすりあきな》いの方は母紀代《きよ》と私とで遣《や》りこなしているような近頃でございまする」

「なに。それはいけませぬな。二人の妹と申せば父親思いの確か滝代《たきよ》と佐代《さよ》であったな」

「はい。お嬢様が廣澤家に嫁がれまするのと前後して『淡路屋』から出て行った妹達ですが、上の妹は上総国《かずさのくに》、下の妹は常陸国《ひたちのくに》と嫁ぎ先が遠いものでございますからおいそれと生家《さと》帰りも出来ませぬ。どうやら父安吾郎にはそのことが次第と応《こた》え始めているようでありまして」

「紀代の方はどうなのじゃ」

「母の方はあっけらかんとしたものでございます。女は嫁に行ってこそ一人前となるのじゃ、などと申しておりまして……あ、言い過ぎましたなら、ご容赦くださりませ」

「なに、構いませぬ。確かに女は嫁に行って強くなる部分を持っておりまするぞ文吾郎」

「そ、そうでございますか」

「早く嫁を貰って安吾郎を安心させてやるがよい。私《わたくし》の母が病で倒れたとき安吾郎は実に色色な薬を八方手を尽くして探してくれた、と母亡きあと父から聞かされておる。一を聞けば十を察する知恵者の安吾郎が、ぼんやりとする日が多いとは信じられぬのう……」

「でございまするのでお嬢様。せめて半刻《はんとき》でも結構でございまするから父に会《お》うてやって戴けませぬか」

「わかりました。会うてみましょう」

「おお、ありがたや。嬉しゅうございますお嬢様」

美雪は文吾郎の後について「淡路屋」の方へと足を戻した。

しかし幾らも行かぬうちに美雪は、背すじの辺りに妙な感じが触れるような気がして歩みを緩め、振り返ってみた。

べつに、これといって変わったところの無い光景が向こうまで続いていた。怪しむべき人の姿も無い。

「あの……いかがなされました」

美雪の前を行っていた文吾郎も足を止め、怪訝な目を美雪に向けた。

「いえ、何でもありませぬ。参りましょう」

「はい」

文吾郎は美雪が肩を並べてくれるのを待って、歩き出した。

「安吾郎のぼんやりは、薬で何とかならぬのか」

「こればっかりは、お嬢様……」

「私《わたくし》の父貞頼は、私《わたくし》が廣澤家に嫁いだあとも大番頭としての威風には全く変わりはなかった、と若党や腰元たちから聞かされておるが」

「いやあ、お嬢様……これは内緒《ないしょ》にして戴きとうございますが、お嬢様が嫁がれてお屋敷を出られました四、五日あとの午ノ刻《うま》（昼時）前のことでございましたか。私がお屋敷から頼まれました薬箱の補充をお持ち致しましたところ、中《なか》の口《くち》から声を掛けましても午ノ刻に近かったせいか応答がございません。そのような場合は遠慮なく庭から回ってよし、とのお許しを戴いております『淡路屋』でございますのでおそるおそるそのようにさせて戴きますと……」

　声をひそめるようにしてそこまで言った文吾郎は、迷ったような顔つきを拵えて春の空を仰いだ。

「どうしたのじゃ」

「あの、お嬢様。内緒にしておいて下さいますね」

「判りました。約束致しましょう」

「私が薬箱の補充の薬種袋を手に下げて庭を進みますと、御殿様がちょうど私に背を向けるかたちで『美雪様の御居間』の前に佇《たたず》んでおられまして……」

「えっ、父上が……」

「はい。そして……」

「そして……何としました」

「目頭《めがしら》を指先で押さえておられた御様子でございました」

「目頭を……」

美雪は衝撃を受けていた。信じられぬ文吾郎の言葉であった。

美雪にとって父貞頼は文武に優れた「強い人」であった。たった一人で幾十人の敵と対峙しようが決して怯《ひる》むことのない父だと幼い頃から信じてきた。更に美雪にとって父は、憧れの人でもあった。いつも泰然とした堂堂たるその身構え様《よう》に、揺るぎない男の魂を見てきた思いの美雪である。

屋敷内の誰にとっても圧倒的な存在であったその父が、自分が嫁いだあと長く使ってきた居間の前に佇み目頭を押さえていたという。

美雪は体に震えがくるのを覚えた。時にはその厳しさを怖いとさえ思うこともあった父に、そこまで大事に思われていたとは思いもしていなかった美雪である。

「文吾郎。今日は安吾郎に会うのは止しましょう。片付けねばならぬ大事な用事を忘れるところでした。日を改めて、また訪ねます」

「えっ、それは残念なことでございます。是非とも早い内に父の顔を見てやって下さりませ」

「ええ、そう遠くない内に参りましょう」

「出過ぎたことを申しますが、店の若い者を二人ばかり付けましょう。明るい御天道様の下とは申せ、お旗本大家のお嬢様の一人歩きは宜しくございませぬ。このところ身性よくない浪人が江戸にかなり流れ込んでいるとか申しますから」

文吾郎が「京町屋」の精右衛門と同じようなことを口にしたので、美雪はちょっと苦笑を漏らしてから首を横に振った。

「大丈夫ですよ。建国神社の森を斜めに抜けて近道を取れば、屋敷はもう直ぐ其処ですから」

「ですがお嬢様……」

「安吾郎には近いうち必ず訪れるから、と伝えておきなさい。じゃあ、これで失礼致しますよ文吾郎」

美雪はくるりと踵を返すと、「あ……」と追いすがろうとしかけた文吾郎を振り切るようにして歩き出した。

自分の居間の前に佇んで目頭を押さえている父の姿が、実際に自分の目で見たかのようにはっきりと瞼《まぶた》の裏に浮かびあがっている美雪であった。

「そう言えば……」

と呟いた美雪は足を急《せ》かせつつ、「……この父はな、美雪が戻ってきてくれた事がむしろ嬉しいのじゃ……」と言ってくれた朝餉の時の父の言葉を思い出した。それは、離縁されて生家《さと》へ戻ってきた美雪がはじめて聞かされた父の「……嬉しい……」であった。後にも先にも父から「嬉しい」という言葉を〈貰った〉のはその時だけである。

離縁されたことで父をはじめて心の底から喜ばせたのであろうか、と考えると複雑な気持に陥る美雪だった。

「旗本八万通」を暫《しばら》く歩いた美雪は、大きな二頭の獅子《しし》の石像に挟まれた白い玉石の参道へと入っていった。この幅四、五間《けん》ほどの参道の入口から奥が「建国神社」の森であった。武蔵野《むさしの》台地が残した森で徳川の歴代将軍も「建国神社」を敬うこともさることながら、この森だけは非常に大切にしている。

なぜなら、この「建国神社」の森には大木の下の随所に二葉葵《ふたばあおい》が群生し、春季三月から五月にかけて紫褐色《しかっしょく》の小さな花を咲かせるからである。

二葉葵の葉を組み合せれば言わずと知れた徳川将軍家とその縁戚家の家紋であり、また京《みやこ》の賀茂《かも》神社が葵祭に用いることから賀茂葵とも呼ばれている。

それゆえ手入れの行き届いた日当たりのよい清涼な森ではあったが、巨木の鬱蒼と繁る様《さま》は原始の姿をそのまま止《とど》めていた。

「建国神社」は武士や百姓町民の信者も多く、したがって日中の参道は人の通りも少なくない。

美雪は参道の入口から半町《ちょう》ほどの所に立つ大鳥居を先ず潜《くぐ》り、次いで二の鳥居を過ぎたところで「お参りして行きましょう」と呟いた。

美雪の美しさに目を奪われてか、侍や商人風が思わず立ち止まったり振り向いたりする。

けれども美雪の精神《こころ》の底には和之進から植え付けられた不快感がまだどんよりと残っていたから参道を往き来する人の様子など殆ど目に入らなかった。

三つめの鳥居を過ぎると直ぐ目の先が拝殿だった。拝殿もその後方に位置する本殿も相当に古くて歴代の徳川将軍家は普請《ふしん》を惜しまなかったが、宮大工たちの手によって出来るだけ創建当初の資材は取り替えないよう配慮されてきた。

が、いつ頃、誰によって創建されたのかは霧の中である。

美雪は三つめの鳥居の下で丁重に御辞儀をした。

父の顔を思い出していた。亡き母とは手を引かれてよく参詣した「建国神社」であったが、両親と三人で訪れた記憶は一度しかない。

その時の父の周囲には大勢の家臣がいて、ものものしい警備であったことを美雪は今も覚えている。その大勢の家臣の誰よりも父の姿が大きく立派に見えたことも忘れてはいなかった。

父を大層大きく感じたのが、この三つめの鳥居だった。

美雪は御辞儀を済ますと鳥居の貫《ぬき》・笠木《かさぎ》を仰ぎ見て微笑んだ。

和之進に植え付けられた不快の念がすうっと消えてゆくようだった。

鳥居の二本の柱の上端部は、二本の水平材で結ばれており、下の水平材が貫、上の水平材が笠木と呼ばれている。

（此処へ来てよかった……）

と、美雪は鳥居の柱に手を触れてみた。

鳥居の名称が我が国にはじめて登場するのは、延喜《えんぎ》二十二年（九二二年）の「和泉国大鳥神社流記帳《いずみのくにおおとりるきちょう》」であると、美雪は母から教えられてきた。

美雪は拝殿で、父の健康と御役目順調を祈願し、その場を離れようとして、ふと足を止めた。そして再度、気持を新たにして拝殿と向き合い「宗次先生の御仕事がますます輝かしいものとなりますように……」と祈った。

祈り終えて美雪は胸の内側がうっすらと温かくなってゆくのを感じた。

十四

拝殿への祈りを済ませた美雪はその左手から森の中へ斜めに延びている幅四尺ばかりの石畳の道へ穏《おだ》やかなやさしい足取りで入っていった。この石畳を三町《ちょう》ばかり歩き表通りに出て右手方向を見ると、一町《ちょう》ばかり先に西条家の重壮なる長屋門が見えるのだった。したがってこの石畳の道だけは、旗本大家の娘として自由な外歩きを控えてきた美雪にとっては、歩き馴れた道だった。亡くなった母とは、この石畳の道を歩いてしばしば神社に参詣したものである。

野点があった浄善寺へと続く長く緩い登り道は、石畳の道の出入口に当たる所から西条家の方向へほんの少し行った辺りからはじまっている。

美雪は人の往来が殆どないこの石畳の道の静けさが大層気に入っていたが別にもう一つの理由があった。

美雪は道の脇に視線を落として何かを探す様子を見せながら歩いた。すっかり穏やかな美しい表情に戻っている。

「あら、見つけた……」

幼い娘のような呟きがかたちよい口元からこぼれて歩みが止まり、道の脇に美雪は静かに腰を下ろした。

そこには二葉葵が群生しており、徳川将軍家の家紋状の葉の柄の基の部分に、薄青色の花をいっぱい咲かせていた。その花を外側からそっと守るかのような白い萼《がく》は筒形をしており、先で三角状に三裂して外側へ強くそり返っている。

「きれい……」

と、美雪は指先で白い萼に守られている薄青色の花を撫でてやった。

普通、二葉葵の花の色は紫褐色であったから、薄青色というのは明らかに変種と思われた。

しかし変種かどうかは美雪には余り関心の無いことだった。亡き母とこの石畳を歩いた幼い頃から、この綺麗な薄青い花を探すことにしばしば夢中になったものである。

「まあ、二葉葵にしては珍しい花の色だこと……」

と母が驚いてみせたのが、契機となっていた。

薄青い花は年によっては全く姿を見せないこともあり、二、三年もそれが続くとどうしようもない寂しさを感じた美雪である。

ところが今年は、数え切れないほど咲いており、森の奥にまで広がっている。けれども摘み取るようなことは決してしない美雪であった。摘み取って床の間に活《い》けるには、花は余りにも小さく可憐《かれん》すぎた。

「元気に咲き続けるのですよ」

美雪は囁いて腰をおっとりと上げた。

淀んだ声が背後からかかって、美雪の背すじが凍りついたのはこのときである。

「お気に召しておられるのですか奥方様、その二葉葵の花が」

「え……」

美雪はハッとして振り向きざま、懐剣の柄に思わず右の手をかけていた。

いつの間に近付いてきていたのであろう。三人とも三十前後であろうか。四、五間《けん》を隔てて三人の表情の無い侍が立っている。三人とも三十前後であろうか。身形は荒《すさ》んではおらず、かといって裕福な印象からはほど遠く、和之進が仕《つか》える藩でいえば御目見より下の五、六十俵《ぴょう》あたりに位置する下士《かし》か、と推測できた美雪だった。ただ、和之進を襲った刺客とは面相・身形がやや違っている。

藩の主従関係の基本を成す封禄《ほうろく》のうち、「俵《ぴょう》」とは藩庫から年に二、三回に分けて「切米《きりまい》」の名で下士（徒士《かち》）に対し支給される〈米何俵《こめなんぴょう》〉を指している。同じく藩庫から給付される封禄のなかに〈扶持米《ふちまい》〉というのがあって、これは足軽などの下位層を対象に一日一人米五合の計算によって月割り勘定で支給され、〈何人扶持《なんにんぶち》〉と呼ばれている。

「我我は貴方様《あなたさま》を存知あげております。藩御中老廣澤家の美雪様でございまするな」

一人が丁寧な調子でそう言いながら、ずいと一歩を踏み出したので、美雪は懐剣の柄に右の手を触れたまま、ささっと二、三歩を退がり「何処の誰じゃ。名乗りなされ」と怯まず相手を見据えた。父貞頼から旗本大家の息女として小《こ》太刀《だち》、小槍《こやり》、薙刀《なぎなた》などひと通りの武芸は教え込まれてきた美雪である。無礼な態度で近付いてこようとする相手に対しては、ただ怯えているだけの気弱な女ではなかった。

ましてや武断派の幕府重臣大番頭西条山城守貞頼を父に持つ身である。

「我我は藩政改革について廣澤和之進様やその御同朋《ごどうぼう》の皆様方に対して色色と御願いを致している徒士組勉強会の者です。そこで奥方様にもお願いがございまして、こうしてお目にかからせて戴きました」

「藩政改革についてのあれこれを、藩の用務に携わってもおらぬ女の身で聞く訳には参らぬ。夫和之進とその同朋の皆様に既に意見を具申しているのであらば、その筋で推《お》し進めるべきではありませぬのか」

「それが、相手がなかなかに頑《かたくな》でござりましてな。容易に首を縦に振って下さいませぬ。そこで是非とも御中老家の奥方様のお力を仰ぎたいという事になった次第でございます」

「そちらが、なった次第でございます、であろうとも、私《わたくし》にはまったく関心のなきこと。このように一方的に私《わたくし》を待ち伏せして協力を強要しようなどは、武士の取るべき態度ではなかろう」

「どうでも、お力をお貸し戴けませぬか」

「同じ言葉を何度も繰り返す積もりはありませぬ。このままお戻りあって徒士組勉強会とやらで、そなた達が私《わたくし》に対して取った行動について反省会でもなさるがよい」

「反省会をせよ……と申されまするか」

相手の眉間に筋が走って目つきが変わったため、美雪が更に二、三歩を下《さ》がると、侍たちはまるで申し合わせたように石畳の上を美雪に迫った。

「お止しなされ。それ以上近寄れば、容赦はしませぬ」

と、美雪も美しい表情を険しくして懐剣を抜き放った。

美雪の気迫に押されてか三人の侍の足は止まったが、しかし顔を見合わせてから薄ら笑いを口元に覗かせた。

それまでとは別の侍――髭の剃りあとの濃い――が野太い声で言った。白目が目立つ眼《まなこ》の大きな侍だった。

「懐剣をお納めくだされ奥方様。我我三人はいずれも小野派《おのは》一刀流の免許皆伝でございまする。打貫流《うちぬきりゅう》の免許皆伝者である廣澤和之進様とてその腕の程は我我の足元にも及びませぬ。どうか懐剣をお納め下され」

「お黙りなされ。好ましくない相手とみればたとえ女とて退《さ》がりはせぬ」

「では仕方ございませぬな。奥方様を拉致させて戴きます」

「な、なんと申した」

「拉致させて戴くと申し上げました。廣澤和之進様一派の我我に対する不当な圧力に抗《あらが》うためにも」

美雪は身の危険を感じて踵を返し駆け出そうとしたが、その表情を「うっ……」とさせて動きを止めてしまった。

いつの間に現われたのであろうか。石畳の道の西条家へ戻る方にも二人の侍が険しい顔つきで立っていた。こちらは二十歳《はたち》前後かと若い。

ここにきて美雪はさすがに恐怖を覚え、二葉葵の群落の中へたじたじと退がっていった。退がるほかなかった。左手に三人の侍、右手に二人の侍、その五人が石畳を絞り込むようにして美雪に迫ってきたのであるから。

「京町屋」精右衛門か、「淡路屋」文吾郎の注意に対してもっと耳を傾けておくべきだった、と美雪は後悔した。

「少しの間、不自由を我慢して戴きまする」

白目が目立つ大眼《おおまなこ》の侍が着物の袂《たもと》から手拭いと紐《ひも》を取り出した。

「はじめから私《わたくし》の拉致を計画していたのじゃな。なんという卑劣」

「大人しくしていなされ。暴れるとお怪我《けが》をなさるだけですぞ」

「それはこちらの申したきこと。寄るでない」

「なんと気のお強い奥方様じゃ」

大眼《おおまなこ》の侍は懐剣を手に身構える美雪に全く気後《きおく》れすることなく、二葉葵を踏み倒してつかつかと近付いた。

「無礼者っ」

美雪はついに懐剣で相手に斬りつけた。本気であった。身の内で泡立ち出した恐怖がそうさせた。

けれども大眼《おおまなこ》の侍は手拭いと紐を持たない方の左手で拳《こぶし》をつくり、まるで赤子にでも対するかのように美雪の手首に軽く打ち込んだ。軽くである。

「あっ……」

まるで手首が折れたのではと思われるような激痛を覚えて、美雪は懐剣を取り落とし、瞬時に絶望感に見舞われた。

それは生まれてはじめて味わう底無しのような絶望感だった。

目の前の侍たちの姿がもはや目に入らぬほど、美雪は自分を見失っていた。

「さ、大人しくなされよ」

大眼《おおまなこ》の侍が美雪に抱きつくようにして紐を背中へまわそうとした。

「退《さ》がれっ」

美雪は大眼の侍が吐く生臭い息を顔に感じて大きくよろめき、辛《かろ》うじて嫌悪の叫びをあげた。大眼の侍が髭の剃りあとの濃い顔にはじめてニッとした笑いを広げる。

その直後であった。大眼の侍が悲鳴もあげずに横転した。それは横転としか言い様のない余りにも凄まじい勢いの転倒であったから、美雪は呆然として足元に横たわる大眼の侍を眺めた。

何が生じたのか判らない。

「おのれ女、何をした」

それまで「奥方様」と呼んでいた侍たちも驚き、刀の柄に手をやって美雪に駆け寄った。

「それくれえで止しにしねえかい、お侍《さむれえ》さんたちよ」

侍たちの背後から男の渋い声がかかったのは、この時である。

侍たちは「なにっ」という顔つきで振り向き、美雪は信じられないような人を直ぐ先に認めて「先生……」と呟きながら脚から力が抜け跪《ひざまず》いてしまった。

まぎれもなく美雪は、手にしていた石飛礫《いしつぶて》を足元にポイと捨てた浮世絵師宗次の姿を認めて、余りの安堵のため体中の力を失いかけていた。

だが美雪は同時に、大きい新たな不安に見舞われた。

おそらく絵筆より重い物は持ったことがないであろう宗次先生が向き合っている相手は四人の侍。しかも、その内の二人は小野派一刀流の免許皆伝の筈である。

「お逃げ下さい先生。いけませぬ」

宗次が血まみれとなった様《さま》を想像して立ち上がらねばと思った美雪であったが、声は殆ど出ず、膝に力も入らなかった。

「消えろ町人。貴様が関《かか》わる場ではない」

二十《はた》歳《ち》前後に見える若い侍——大柄な——が、宗次に近付いた。

「御婦人お一人に対し、お侍《さむれえ》が五人掛かりですかえ。これは黙って見逃せる光景じゃありやせんや。感心しねえやな」

「ぐだぐだ言わずに去れい町人。怪我《けが》をするぞ」

「ちょいとご免なすって……」

「こ、こ奴《やつ》……」

宗次が相手の言ったことに耳を貸さない振りで若侍の横を抜けて美雪の方へ行こうとすると、若侍が右手を伸ばして宗次の胸倉を摑んだ。

いや、正確には摑もうとした、であった。なぜなら若侍の右手首は宗次の左手によってがっちりと摑まれていたからだ。

宗次は殆ど平然の態《てい》であったが、若侍の顔はみるみる朱に染まっていった。

「い、痛い……うあっ」

若侍は空を仰いでのけぞり悲鳴をあげた。漸く尋常《じんじょう》ならざる事態と察したのであろう。三名の仲間は遂に抜刀した。

美雪の顔はと見れば、もう蒼白であった。傍《かたわ》らの楓《かえで》の大樹に縋《すが》って立ち上がりかけたが力尽きて再び膝を崩してしまった。

「くそっ」

宗次に右手首を摑まれて身動きならぬ苦悶《くもん》の若侍は、死力を振り絞り左手で腰の小刀を鞘走《さやば》しらせるや、宗次の右脇腹へ突きを放った。

その一部始終が目に入らぬ筈のない美雪であったから、「あ……」と両手で顔を覆った。

そのため美雪は次の光景を見ることが出来なかった。

宗次の体がひねり気味に沈んだ瞬間、若侍の体は空《くう》で大車輪を描き、二葉葵の上に叩きつけられていた。

呻き声一つあげず、二葉葵の上で一度だけ海老《えび》のように弾んだ若侍の体は、そのまま大の字となって微動さえしなくなった。

抜刀した三人の侍たちが、愕然《がくぜん》として思わず顔を見合わせる。

「き、貴様……何者だ」

三人の侍の内の一人の言葉で、美雪は顔を覆っていた両手をおそるおそる開き信じられない光景を見た。見間違いでも目の錯覚でもなかった。宗次先生が何事もなかったかのように立ち尽くし、その足元に一人の侍が小刀をしっかりと手にしたまま仰向《あおむ》けに倒れ、ことりとも動かないではないか。

「こ奴はこのままには出来ぬ」

思い出したかのように誰かが言い、「斬るべし……」と別の侍の言葉が続いて三本の刃が綺麗な正眼に身構えて宗次を囲み、美雪にも判るほどにみるみる激しい殺気が辺りに広がっていった。

「見なければ……」と、美雪は自分に言い聞かせた。「斬る」という明確な意思を持った侍の殺気孕《はら》んだ抜刀を、これほどの間近に見るのは生まれて二十年の間に、一度も無かったことである。和之進が五人の刺客に襲われた光景には、「激闘」の印象も無かったし沸騰《ふっとう》する「激しい殺気」も感じなかった美雪であった。あの時の五対一の闘いは和之進の明らかな敗北で既に終りかけていた。美雪はそう思いながら小さな震えに見舞われて、目前の三人対宗次先生一人の対決を見守ろうと乱れる鼓動に怯えた。

と、宗次が足元に倒れている若侍の手から小刀を取り上げようとして、腰をかがめた。

それを「隙《すき》あり」とでも捉えたのか、もう一人の若侍が正眼から大上段に構えを変えて打ちかかろうとした。

「よせっ」

それを仲間の鋭いひと声が制止して、今まさに飛翔しかかっていた若侍の体が踏み止《とど》まった。

宗次は足元に倒れている若侍の手から小刀を取り上げると、はじめて美雪と視線を合わせた。

美雪は「あ……」と思った。なんとやさしい眼差《まなざ》しであろうか、と気付いた。「石秀流野点」の日に私《わたくし》に向けて下さった宗次先生の眼差しと同じ温かさがあると思った。

「旗本大家のご息女として、お父上様から小太刀は教わりましたかえ」

宗次に静かに問いかけられて、美雪は目で頷いてみせた。余計な言葉を口にすれば三人の侍を刺激しそうで、控えめに目で頷くことを選択した。

「そこでよっく御覧になっていなせえやし。小太刀の業《わざ》を一つお見せ致しやしよう。揚真流《ようしんりゅう》小太刀初手《しょて》の業《わざ》その一、夢扇《ゆめおうぎ》」

聞いて宗次に詰め寄っていた三人の侍が、二葉葵の上を滑るようにして退がった。踏み折られ、あるいは千切《ちぎ》れた二葉葵の茎が小さな火花のような音を発した。

「こ奴、小太刀の心得があるらしいぞ」

「まさか幕府の隠密……」

「生かしてはおけぬ」

侍たちの殺気が更《さら》に膨れあがったのが、さしもの美雪にも判ってまたしても小さな震えが美雪を見舞った。

けれども美雪は、「揚真流小太刀……夢扇」と呟いて、襲いくる震えと向き合おうとした。「揚真流」を聞くのがはじめてなら、「夢扇」もむろん美雪は知らなかった。それよりも、絵筆しか持たない筈の浮世絵師の宗次先生は「揚真流」だの「夢扇」だの一体何を仰っているのであろうか、と怪訝に思った。

「私が殺《や》る。二人は退がっていろ」

背丈に恵まれた目つきの鋭い侍が命令するような口調で言い、二人の侍が黙って三、四歩を退がった。下士の中でも上位にある者なのであろうか。身形は下士の印象ではあっても恰幅《かっぷく》よい体つきは堂堂として上士に見えなくもない。ましてや、小野派一刀流の免許皆伝だとかいう。

その剛の者を向こうにまわして、「さ、来なせい」と、すらりとした身丈をどうこう構えるでもなく、また小刀を持つ右手もただ体の側線に沿わせるが如く真っ直ぐに垂《さ》げ下《お》ろすだけの宗次先生だった。

その様《さま》を見て美雪は、「ああ、先生は矢張り剣術というものの怖さをご存知ではいらっしゃらない」と、絶望的になった。

それに比べて、対立する侍の正眼の身構えが何と見事に決まっていることよ、と思って、絶望感になお拍車がかかった。

しかしその一方で、「宗次先生はなぜ、揚真流、夢扇、といった言葉をご存知なのであろうか」という疑問も浮かびあがってくる。

正眼構えの背丈ある恰幅侍が、ジリッと宗次との間を穏やかに詰めた。

「退がっていろ」と命じられた別の二人が、二手に分かれるかたちで宗次の背後へ回り込もうとする。

美雪は居ても立ってもおれなくて、楓の木に縋ってようやくのこと立ち上がり、目の前に自分の懐剣が落ちているのに気付いた。

それを取りに行こうとすると「動くな」と、若侍から鋭い怒声が飛んだ。

自分は旗本六千石大家の娘である、との誇りが怒りに変わったのはその瞬間であった。五、六十俵取りくらいかと想像した下士から浴びせられた怒声が、美雪に怒りを持たせた。

つかつかと三、四歩楓の木から離れた美雪は、父から与えられた大切な懐剣を拾いあげて楓の木まで戻ると、鞘に納めた。

さすがに、侍たちに懐剣で斬りかかるだけの勇気はない。また、自分のその無謀がかえって宗次先生の危険を膨らませては、という判断もあった。

賢明な判断であり機転だった。

「いえいっ」

宗次を惑乱《わくらん》させようとでもしたのか、若侍が宗次の右手斜め後ろあたりで動きを止め裂帛《れっぱく》の気合いを放ち、それが森に響き渡った。

即座にそれを背丈ある恰幅侍が「うるさい」と野太い声で叱り、「人を呼ぶ気か馬鹿者」と付け加えた。

美雪の位置からは、その恰幅侍の背中しか見えなかったが、恐ろしい形相《ぎようそう》で叱ったに違いない、と思った。それほど「いえいっ」は森に響き渡っていた。

だが「建国神社」の森は広過ぎるほど広い。加えて日頃から石畳の道を往き来する人は殆ど無い。なぜなら、石畳の道を出たところには民百姓には縁遠い旗本大家の大邸宅しか並んでいないからであった。

美雪は固唾《かたず》をのんで見守った。少し右斜めへと移動しつつひと足踏み込んだ恰幅侍の大刀の切っ先が、宗次先生から三、四尺までのところに迫っていたから、美雪は豊かな胸の前で両手を合わせた。

「せいっ」

と、押し殺したような低い気合いを恰幅侍が放った。それを待ち構えていたかのように、宗次の左手斜め後ろへと回り込んでいたもう一人の小野派一刀流の皆伝者が、地面を、いや二葉葵を激しく踏み鳴らした。

小刀を下げた宗次の右手が僅かにピクリとなる。それを捉えて宗次の注意が左手斜めへ移動したと判断したのであろう恰幅侍が、「しゃあっ」と異様な気合いを放って踏み込んだ。

さすが小野派一刀流の皆伝者。駿足《しゅんそく》を利したかのような鮮烈な突きであった。その凄さに瞼を閉じかけた美雪であったが、堪《こら》えた。

そして美雪は見た。

小野派一刀流の剣が、真正面から突き込むと見せて右上段へ翻《ひるがえ》るや、稲妻のように光って宗次の左頬へと打ち下ろされる。

（あっ……）と美雪は胸の内で絶望的な悲鳴を発した。

と、宗次がふわりと舞うような動きを見せたではないか。それは確かに「舞う」としか言い様のないやさしい動きに美雪には見えた。

なんと宗次の左掌《ひだりてのひら》が、稲妻となって迫りくる相手の刃を下から上へと軽く押し上げたのだ。見誤りではなかった。宗次の左掌が、相手の刃をまるで幼子《おさなご》を叱るかのようにして、下から上へふわりと押し上げていた。

刃は空《くう》を切って宗次の頭上すれすれを流れ、しかしこのときすでに宗次の体は相手の右腋《わき》の下を潜り抜けていた。

美雪は、サクッという微かな音を聞いたような気がした。

小野派一刀流の皆伝者は、己れの腋《わき》の下を潜り抜けた宗次の方へ素早く振り返りざま、その背中へ第二撃を打ち下ろそうとした。次の瞬間、もんどり打ってその皆伝者は横転していた。

美雪は息をのんだ。横転した理由《わけ》が判らなかった。

が、直ぐに次の光景が美雪を捉えていた。

小野派一刀流の皆伝者の右腕がいつの間に肩から離れたのか、高高と空《くう》に舞い上がっているではないか。

美雪は冷水を浴びせかけられたように震えあがった。宗次の体が相手の腋の下を潜り抜けるか、と思われたところまでは見えていた。だが、激烈な攻めを見せた相手の右腕がいつ肩から斬り離されて空《くう》に舞いあがったのかは全く見えていなかった。

残った若侍が、真っ青となって正眼に構えたまま退がる。

「両刀差しが町人に刃をなんざ向けるもんじゃござんせんや。この場のあと処理は、お仲間でも呼んできちんと綺麗にしておきなせえ。よろしいかえ」

宗次は物静かな調子で言うと、手にしていた小刀を若侍の方に向かって、ぽいと投げ捨てた。まるで頑是無《がんぜな》い幼子が関心をなくした玩具でも投げ捨てるような所作であった。

宗次はまだ小刻みな震えから脱《ぬ》け切れていない美雪に近付いてゆき、降り注ぐ木洩《こも》れ日《び》の明るさの中で微笑んだ。

美雪は宗次先生の体にしがみついた。言うべき言葉が見つからなかったから、体が自分の意思とは別のところで勝手に動いてしまった。

大粒の涙をぽろぽろとこぼしながら美雪は感じた。宗次先生の手が自分の背を浅くゆっくりと撫でてくれているのを。

「さ、お屋敷までお送り致しやしょう。元気をお出しなせえ」

囁くように言われて、美雪はしがみついている宗次先生との間に小さな隔たりをつくり、こっくりと頷いた。頷きながら、もう少しの間この小さな隔たりを守っていたい、と思った。宗次先生に背中を撫でられたことで次第に幼心へと陥っていく自分が心地よくもあったから。

宗次先生が歩き出した。美雪には先生の然《さ》り気《げ》ない歩調のゆるやかさが、自分の足元を気遣ってくれていると判った。

だからであろうか数歩と行かないところで美雪は立ち止まってしまった。甘えであった。そうと美雪にはぼんやりと判断できていた。離縁されて生家《さと》帰りしている二十歳《はたち》になった旗本家の一人前の娘《おんな》が一体なにをしているのか、と思った。情けなかった。

「震えていやすね。もう大丈夫でござんす。安心しなせえ」

宗次先生はそう言って歩き出そうとしたが、美雪は三、四歩と行かない内にまた足を止めてしまった。容易に震えの止まらぬ自分が、止めていた。今度は甘えではない、と美雪は確信した。今頃になって左足首に痛みを覚えてもいた。大眼《おおまなこ》の侍に紐でくくられそうになって抗った際、大きくよろめいてしまったのが原因であろうかと、美雪はようやく美しい表情を痛みで歪めた。

「どこかを傷《いた》めやしたかい？」

と、宗次先生に立ち止まられて、美雪は「いいえ……」と首を横に振った。

「歩けます。平気でございますから」

「そうですかい。今日は春冷えがきつうござんす。寒けりゃあ、先日のように私《あっし》の袂に手を入れていなせえ」

「はい」

「ゆっくりと歩きやしょう」

「はい」

美雪は素直に答えられた自分に喜んだ。宗次先生の袂に手を入れるのは二度目であったから、先日の夜のようなたじろぎなく袂に手を入れることが出来た。そっとだが。

（あたたかい……）と、美雪は思った。急に気が緩んで、また涙が出てきそうであった。

「お屋敷へ戻るまでに、涙あとは綺麗にしておきなせえ」

「え……」

「途中で私《あつし》のよく知っている店がござんすから、そこの女将《おかみ》に目の下のあたりを、ちょいと調えて貰うと宜しゅうございやしょう」

宗次先生は「よく知っている店」が何の店であるか言ってくれなかったが、美雪は黙って頷いた。先生の言葉を疑ったり怪しんだりしてはいけない、という覚悟のようなものが自分に出来ていると知って、美雪は一層のこと気が緩んだ。

石畳の参道から間もなく出ようとする辺りまで来て宗次先生の足がふっと止まったから、美雪もそれに合わせた。なぜ先生が立ち止まったのか、考える積もりなどなかった。

ただ自分は先生に素直《すなお》に合わせればよいのだ、と思った。

「美雪様……この石畳の参道を表通りに出やすと、顔見知りの誰彼と出会うことがあるやも知れやせん。昼日中《ひるひなか》でござんすがそのままで宜しいですかえ」

宗次先生がそう言いながら美雪の右手が隠れている袂を見た。

美雪はひと呼吸の間《ま》を置いてから、「ええ、構いませぬ。このままで」と答えた。誰に見られても後ろ暗い気持に陥るようなことはない、という自信があった。たとえ和之進に見られたとしても。

「うむ……」と、宗次先生が何事もなかったかのように歩き出した。

「先生……あのう……」

「なんでござんすか？」

宗次がそう答えたところで二人は旗本屋敷が建ち並ぶ表通りに出た。二町《ちょう》ばかり先に西条家の堂堂たる長屋門が見えており、二人の歩みがどちらからともなくゆったりと揃《そろ》った。

「さきほど先生が倒されました侍でございますけれど……」

「脇差で斬った？」

「はい。亡くなったのでございましょうか」

「おそらくは。血はそれなりに腋から流れ出ていきやしょうからねい。しかし斬らねば私が倒されていたかも知れねえ程の手練者《てれんもの》でござんしたよ。奴を倒せたことで美雪様はご無事でござんした。ほっと安心致しやした」

「天才的浮世絵師と評判高い宗次先生が剣術をなさるなど……心の臓が体の外にころがり出そうなほど驚きましてございます」

「ははは。心の臓が体の外へですかえ……」

「剣術に相当励んでこられたとお見受け致しました。なんだか信じられない思いでございます。揚真流と仰っておられましたけれど」

「ご存知ですかえ。揚真流てえ流派を」

「いいえ。存知上げません。父から教わったのは柳生新陰流《やぎゅうしんかげりゅう》の小太刀業《わざ》でございました」

「知らなくて当然でござんしょう。私《あっし》も何かの剣術本で読んだうろ覚えの流派を半ばいい加減に持ち出しただけのことで」

「まあ、それでは……」

「へい。相手をちょいとばかし威嚇《いかく》することが出来ればと思いやして……」

「それに致しましても、女の私《わたくし》の目には驚くほど見事な小太刀の業《わざ》に見えましてございます」

「まぐれ業でござんすよ。まぐれほどうまく当たれば怖いものはない、と申しやす」

「あれほどの業をまぐれ業、と仰るのでございましょうか」

「そう、まぐれとしか言い様《よう》がありやせん。ですが内緒にしておくんなさいやしよ」

言われて美雪は、目を細め美しく笑った。笑いながら美雪は、宗次の着流しの袂の中をしっかりと摑んだ。自邸の長屋門が次第に近付いてくるが離したくない思いであった。さきほど宗次先生が申された「よく知っている店」とはこの方角でいいのであろうかと心配になってもきた。

「宗次先生は今日、建国神社にお参りなさろうとして、私《わたくし》の危ういところに偶然……」

「あ、いや、偶然じゃありやせん」

知り合ってまだ短い間ではあったが、これまで言葉の途中を宗次先生に遮《さえぎ》られたことのない美雪であった。

それが思いがけず厳しい調子で言葉の先を遮られ、美雪はとまどって少し呼《い》吸《き》を止めてしまった。

背丈に恵まれた宗次先生の横顔をやや上目遣いでそっと眺めると、前を向いたままのその顔が言葉だけではなく険しかった。

「美雪様がもしや無茶な動きをお取りなさらねえかと気にしておりやしたら、案の定、困った動きを取られたところを見かけやした」

「え、それでは私《わたくし》の動きを逐一《ちくいち》……」

「見張るなんざあ失礼なことは致しやせんし、忙しい私《あっし》にはそのような隙《ひま》もございません。ただ船宿『川ばた』がどうにも気になりやして、あの近くの絵仕事場へ打ち合わせに行きやしての帰り、ちょいと立ち寄って眺めておりやしたら美雪様が現われなさったという訳でございますよ」

「宗次先生……するとあのう……先生は船宿『川ばた』の中へも立ち入られたのでございましょうか」

美雪は我が身が和之進から思いのままにされかけたことを宗次先生に気付かれたのでは、と背中が冷たくなった。

「滅相《めっそう》も。あの船宿は曰《いわ》くあり気な侍に見張られておりやしたからねい。で、私《あっし》はその侍たちの動きの方へ注意を払っておりやした。すると、その数が増えたり減ったり、顔ぶれが変わったりするうち、美雪様が船宿から出てこられ、そのあと石畳の森の騒ぎへと結びついていったのでござんすよ」

（よかった。宗次先生に和之進とのことは気付かれていなかった）と美雪は目眩《めまい》に近い安心感を覚え肩から力を落としていった。

「ですがねい、美雪様……」

宗次先生の言葉が尚も続く様子のため、美雪は不安そうに宗次先生を上目遣いでそっと見た。盗み見でもするようなその仕草が自分でもよく「見えていた」から、いま自分はすっかり幼子のようになってしまっていると思った。

「ま、今日は無事で済んだからよかったものの、旗本大家のご息女の一人歩きを、お父上、いや御殿様はお許しになられやしたので？」

「父上には、野点の御礼で侶庵先生をお訪ねすると申し上げましたから、私《わたくし》が外出することは存知ております。ただ、一人で外出するということは私《わたくし》が自分の意思で決めました」

「いくら離縁されたとは申しやしても、かつての夫である廣澤和之進様が刺客に襲われた翌日、妻であった身の一人歩きは何があるか知れねえほど危険と、お考えにならなかったのですかえ」

あ、宗次先生は内心本気で怒っていらっしゃるみたいだ、と美雪は気付いた。

するとなんだか温かなものが胸の内でざわめき出した。

「申し訳ございませぬ。考えの足らぬ動きをとってしまいました」

「一事が万事と言いやす。お立場をよくわきまえ、これからは一つ一つ考えを深めた言動をおとりになりなせえ。大事な綺麗なお体でござんす。御殿様を悲しませるようなことがあってはなりやせん」

「宗次先生のお言葉、心に深くとめて忘れないように致しまする」

「どうやら廣澤和之進様は大層な難儀に直面なさっておられる御様子。藩の江戸屋敷ではなく船宿に身を潜めるなど当たり前《めえ》じゃありやせん……こいつあ、お仕えなさる藩内部のごたごたですねい。それも相当に深刻な」

「私《わたくし》も詳しくは知りませぬけれど……藩内に異常事態が生じていることは間違いないような気が致します」

「よろしいですかえ。用心しなせえよ。和之進様に向かう刃が美雪様へも向けられる危険がありやす。今日のような一人歩きはいけやせん。判りやしたね」

「はい。お約束致します」

そう返した美雪は、自分でも思いもしなかった動きを次にとってしまっていた。

宗次先生の袂に入れていた右手で、しっかりと先生の左腕を強く抱きしめ、自分の豊かな胸に押し当てていたのだ。

けれども美雪は自分が突然のようにとったその仕草に、うろたえもしなかったし、まごつきもしなかった。和之進との生活では味わったこともない、なんとも心地良い温かさに激しく見舞われていた。

それに、宗次先生は決して私《わたくし》の手を振り払ったりなさらない、という確信のようなものにまで見舞われていた。

その宗次先生の足がゆるやかに止まった。

「どうなさいやすか？」

美雪は一瞬、意味が判らない、というような幼い表情を拵えた。

「西条家の御門前でござんすが……」

「あ……」と、美雪は我が屋敷のどっしりした構えの表門に気付いた。

「私《あっし》がお連れしようと思っておりやす店ってえのは、この旗本屋敷地を抜けて暫く行った神田の町人街を抜けたお濠端《ほりばた》の右手にござんすが……」

「そのお店に参ります。そして涙あとを清めさせて下さいませ」

「その方がよござんしょう。じゃあ、参りやしょうか」

「はい」

美雪は宗次先生が自分の右手を振り払ったりしなかったことで、大番頭旗本大家の令嬢としての作法を取り戻し、宗次先生の左腕を解放した。するとうむ、それでよござんす」と宗次先生が美雪と目を見合わせて微笑んだ。

愛されたい、という気持が美雪の胸の内で大波のように打ち寄せては引き、引いては打ち寄せ始めたのは、この時からである。

美雪は、ともすれば乱れそうになる呼吸《いき》を堪えた。その一方で、自由気儘《きまま》に乱れていたい、という思いもあった。

和之進に一方的に離縁されたことが原因で、今日まで何かにつけて自分を抑え続けてきた美雪である。美貌も教養の深さも抜きん出て輝いているというのに、離縁という一撃は、美雪から旗本大家の令嬢としての自信と誇りを容赦なく奪い去っていた。

（私《わたくし》にはこうして、宗次先生のように御立派な御方と並んで歩ける資格があるのであろうか……）

愛されたい、と思い始めた感情の一方で、またしても自分を悲しく眺め始める美雪だった。そのこと自体、美雪のまれにみる優しい気立てからきていることに当人はまだ気付いていない。

美雪は宗次先生の袂から、うなだれ勝ちにそっと右手を出した。

「どうなさいやした。手は冷たくありませんかい」

宗次先生が美雪の所作に気付いて物静かな口調で言い言い歩みを緩めた。

「もう大丈夫でございます。すっかり温かくなりましたゆえ」

「どれ、お見せなせえ」

「え……」

「お見せなせえ」

求められて美雪はやや困惑の表情で、宗次先生の両手に自分の右手を預けた。

宗次先生は歩みを止めると美雪の右手を自分の両手でやわらかく包み込んだ。

「自信をお持ちなせえ。お宜しいですねい。自信を失っちゃあなりやせん。美雪様はもう少し図図《ずうずう》しくなってもよございましょう」

「図図しく……でございますか」

宗次先生は黙って頷くと、美雪の手を放してゆっくりと歩き出した。

美雪はまた迷い気味に宗次先生の袂へ手を入れてしまった。その目に大粒の涙が滲みあがっているというのに、美雪は気付きもしない。

十五

「この店でござんすよ美雪様」

と、宗次が立ち止まったのは、この界隈《かいわい》では知らぬ者のない居酒屋「しのぶ」の店前《たなまえ》であった。頭上の日はまだ高かったから、暖簾を出すには早過ぎ、まだ赤提灯《あかちょうちん》も出されていない。表口の障子戸も閉じられている。

その障子戸には店の主人《あるじ》角之一《かくのいち》の下手糞な字で「さけ、めし」と横書きにされているから、いくら世の中知らずの旗本大家令嬢ではあっても、居酒屋であろうと判る。

「お酒を呑む処でございますね？」

と、美雪がやや怪訝《けげん》な眼差しで宗次を見つめた。「さけ、めし」の店で顔の涙あとを綺麗にして貰えるのだろうか、と不思議に思うのも、世の中知らずの大家令嬢にとっては無理からぬことであった。

「ここは『しのぶ』という居酒屋でござんしてね。ここの美代《みよ》という女将《おかみ》が化粧拵えが大層上手なものでお連れ致しやした。こういう店を覗いてみるのも、ちょいとした勉強になりやす」

「酔っ払い客が沢山いるのではありませぬか」

「いやなに。『しのぶ』が店を開けるのは大体《だいてえ》昼八ツ半頃（午後三時頃）で、酒好きがぞろぞろと集まり出すのは申《さる》ノ刻（午後四時頃）を過ぎてからですかねい」

「宗次先生もここでよくお酒をお召しあがりになるのですか」

「へい。私《あつし》が住む家から近いこともありやして、ここの主人夫婦《あるじふうふ》とは何でも話し合える気の合った間柄でございやす。ほれ、この先に見えておりやす素《そ》っ気無《けね》え二本杭門のあの貧乏長屋、あの長屋に入って左手五軒目が私《あつし》の住居《すみか》でございますよ」

「えっ」

と、美雪は驚いた。今や人気浮世絵師の名をほしいままにしている宗次先生である。浄善寺で石秀流の侶庵先生から紹介されたときも「……江戸のみならず京、大坂でも百年に一度出るか出ないかの天才浮世絵師と評され御所様（天皇）からも是非にとお声を掛けられて……」と聞いている。その宗次先生の住居《すまい》なら西条家の屋敷と比べても恐らく見劣りは致しますまい、と想像していた美雪であった。

しかし今、宗次先生が指差した長屋は、あまりにもみすぼらしく小さな建物ではないか。まるで西条家の物置きをつなぎ並べたような。

「冗談でございましょう先生」

と、美雪は小首を幼子《おさなご》のように傾《かし》げてみせ、宗次を思わず苦笑させた。

「いや、本当でござんすよ。のちほど案内して差し上げやす」

美雪は改めて「ええっ」と胸の内で驚かされ、宗次先生の袂に入れていた右の手を出していた。目の前の宗次先生とすぐ先の貧乏長屋とがどうしても結びつかない。

大きなもの、立派なもの、美しいもの、値打ちあるもの、に幼い頃から囲まれて育ち、それを当たり前というよりは「普通」と思って育ってきた美雪であった。天変地異などで地方に深刻な飢餓《きが》の生じているらしいことを菊乃や下働きの者たちから聞いたことがあったとしても、西条家が定めている「学問」「教養」などからはそれらの事は一切《いっさい》外され、講師の先生たちから教えられることもない。

それだけに宗次先生の「天才的才能・人気」と「貧乏長屋」との落差の大きさに驚きを隠せない美雪であった。

「さ、入りやしょうか」

宗次はそう言って「しのぶ」の表障子を右へ引き開け、「お邪魔するよ」と店の奥へ声をかけた。

「おや、宗次先生。どしたい。いやに早いじゃねえかい」

調理場でしゃがんで何やら仕込みをしていた角之一が立ち上がった。

「うん、女将に頼みたいことがあって来たんだが、少しばかり手間を貰えねえかい」

「先生の頼みとありゃあ、女房《かかあ》は首を横に振ったりはしめえよ。いま呼ぶからよ」

笑って顔だけを振り向かせ、調理場の裏口の外に向かって「おい、宗次先生だ。お前《めえ》に用だとよ」

「わかった。いま行くよう」

美代《みよ》の気力を漲《みなぎ》らせたいつもの声が返ってきた。

「さ、お入んなせえ」

宗次が外で待っていた美雪を促すと、武家の娘と判るその姿に気付いた角之一が「おっと……」と呟きながら慌て気味に調理場から床几《しょうぎ》などが並ぶ店土《たな》間《ま》へと出てきた。

美代も調理場の裏口から入ってきて美雪と真っ直ぐに顔を合わせ「これはまた……」と、調理場から出て角之一と並んだ。

宗次は美代に一歩近付いた。美代はいまでも年甲斐もなく宗次に妖し絵《あやえ》（自分の裸体画）を描いてほしいと願っており、宗次に「駄目だ……」と断られ続けている。二人の間に横たわっているその〈頼み〉と〈断り〉のだらだらとした歴史を角之一はいまだ知らない。

「あのよ、女将さん」

「はいよ」

「こちらにおられる美しい御人《おひと》は大番頭旗本六千石西条家のご息女の美雪様とおっしゃるのだが……」

「ひえっ。大番頭旗本六千石……」

角之一と美代は同時に目を丸くするや一歩退がって丁寧に頭を下げた。

大番頭とはそれほどの地位であり、六千石旗本とはそれほどの格であった。

「まああ。二人とも驚きは無しにしてくんない。実はよ女将、美雪様の品よく流れていなさる二重目《ふたえ》の下をちょいと見て差し上げてくんない」

「目の下を？……」

美雪は自分の身分素姓を宗次先生にあっけらかんと明かされてとまどい、また美代にまじまじと見つめられて頬を赤く染めてしまった。

「お泣きなされましたか？」

おそるおそる美雪に近寄った美代が宗次と亭主の顔を意味もなく見比べながら言い、宗次は「ああ……」と頷いた。

「すまねえが女将。その涙あとが判らねえように化粧を改めて差し上げてくれめえかい。そうでねえと、このままじゃあお屋敷へお戻りになれねえんでよ」

「あ、なるほど、お安い御用ですよ先生。じゃあ二階の私の部屋で……さあ、薄汚い部屋ですけれど、どうぞお上がり下さいませお嬢様」

美代は「お嬢様」という言葉を使って美雪の彫りの深い端整な顔を改めて見つめると、その白雪のような手を取るようにして促した。さすがに少し強張った美代の表情だった。

美雪は一、二歩踏み出してから、その場を動かぬ宗次に不安そうな視線を向けた。

宗次は頷いて笑みを拵えた。

「大丈夫でござんすよ。私《あっし》はここで待っておりやすから、安心して女将の世話になりなせえ」

「先生あの……屋敷までお送り下さるのですね」

「勿論《もちろん》でござんす。場合によっちゃあその前《めえ》に私《あっし》の住居《すまい》を眺めておくんなさいやし」

「はい」

美雪はようやく二重《ふたえ》の涼しい目を細めて微笑むと、美代のあとに従った。

二人が調理場横の階段を二階へと上がっていき、その足音が静まるのを待って角之一が「へええ……」と首を横に振り振り目を丸くしながら調理場の中へと戻っていく。

宗次が調理場と店土間《たなどま》の間を仕切っている長い一枚板の食台《しょくだい》（カウンター）にもたれかかるのを待って角之一が言った。

「しかしよ先生。なんとまた綺麗な御人《おひと》じゃねえかい。まるで吉祥天女《きっしょうてんにょ》か楊《よう》貴妃《きひ》かと言いてえやな宗次先生よう」

と、二階を気遣ってか囁き声の角之一だった。盛んに目を瞬《しばたた》いている。

「うん。ま、確かに綺麗だい。気品に満ちたまれに見る美貌……とでも言うのかねい」

宗次も角之一の声の調子に合わせた。

「そう、その気品に満ちた美貌だい……凄いねえ。いいねえ。で、先生が泣かせたのかえ、あの楊貴妃の涙あと……」

「冗談《じょうだん》言って貰っちゃあ困らあな。あの御方《おかた》は、心根《こころね》のやさしい方《かた》だからよ。あれ淀みのない喜怒哀楽の感情を豊かにお持ちになっていらっしゃるんでい。あれが学問教養を身に付けた旗本大家の御令嬢というもんだぜ角さんよ」

「なるほどねい。しかしよ先生、なんだか先生に流す眼差《まなざ》しが甘えてるような感じでよ。気を付けなせえよ。八軒長屋《はちけんながや》の女房《かみ》さんたちに知れるとまたどんな嫉妬《やきもち》を焼かれるか判んねえぜ」

「ここまで来たんだから、ついでに八軒長屋の私《あつし》の住居《すまい》を外からだけでも眺めて貰おうかと思っているんだが……」

「びっくりなさるんじゃあねえのかなあ。当代随一の男前な浮世絵の先生がよ、お屋敷住居《ずまい》じゃなくてあんな貧乏臭え長屋住居《ずまい》と知っちゃあ、六千石旗本大家のお嬢様ときた日にゃあ目を回しなさるんじゃあるめえか」

「目を回しなすっても事実だから仕方があるめえよ。それに私《あつし》にとっちゃあ八軒長屋は御殿《ごてん》なんでえ。落語じゃあねえが、隣近所の八《は》っつぁんや熊《くま》さんたちも善人だし女房《かみ》さんたちも底抜けに明るく真っ正直な善人だい。こんな気持のいい御殿《ごてん》から出られるもんけい」

「ま、そうよな。珍しいほどの善人揃いな貧乏長屋であることには違いねえやな」

「それに、長屋を出てちょいと歩けば、これまた味はいい亭主はいい女将も最高にいいという『しのぶ』があらあな。江戸城に住み換えろ、と将軍様から直《じき》直《じき》に命じられてもお断りだい」

「おっ、味はいい亭主はいい女将も最高にいい、とは全く堪えられねえことを言ってくれるじゃねえかい。いい酒を二、三杯ひっかけなさるかえ先生。私《あつし》の奢《おご》りだい」

「御馳《ごち》になりてえが、いまに美雪様が二階から下りて来なさる。酒をひっかけた顔で六千石旗本の御屋敷まで送るってえ訳にはいかねえ。町人にだって守らなきゃあならねえ作法ってものがあるからよ」

「違《ちげ》えねえ。じゃあ先生、お嬢様を御屋敷までお送りした帰りにでも立ち寄りなさらねえかい。何か旨い物《もん》でも拵えとくからよ」

「うん、寄らせて貰おうかい」

宗次がそう言うと、「よっしゃ」と応じた角之一が調理場の裏口から出ていった。裏口を出ると風通しのよい小庭があって白木造りの清潔な小屋があり、その中に仕入れた野菜類や干物などが保存されている。

よしあれを料理《つく》って宗次先生を喜ばせてやろう、とすでに閃《ひらめ》きがあって調理場から出ていった角之一なのであろう。

「この神田ってえのは、まったく善人の塊《かたまり》みてえな町だあな。八軒長屋には大事に長く住みてえもんだい」

宗次は呟くと、何を思ったか調理場と向き合っている食台の前を離れて、店《たな》土間《どま》の奥へと「小上がり」に沿うかたちで進んだ。少しばかり急いだ歩き様《よう》である。

突き当たりは小座敷となっており、ここへは滅多なことでは客を入れない角之一と美代であった。

この小座敷の前に立って左手を見ると、普段は閉ざされて使われていないしっかりとした造りの潜《くぐ》り戸がある。

宗次はその潜り戸の突《つっ》っ支《か》い棒をはずして引き開け、腰をかがめて外に出ると、そのままの腰低い姿勢で直ぐに潜り戸を閉めた。

目と鼻の先に枝葉の弱った古木があった。宗次は低い姿勢のままその古木の陰に身をひそめた。枝葉の弱り切った古木とはいえ堂堂たる幹回りであり、身を隠すのに不足は無い。

古木の名を、宗次は知らなかった。花を咲かせない落葉樹とは判っていたが。

宗次は古木の陰から用心深く界隈をゆっくりと幾度も見まわした。

暫くすると、その表情が険しさを見せ、体が素早く後ろへ反るかたちを取った。

ひと呼吸おいてから宗次は再び古木の陰から片目だけを覗かせた。

右手の斜めの方向、一町半ばかり先の鍋屋の角に三人連れの浪人が佇み、こちらを眺めている。一人が二人に対してこちら方向を指差してみせながら何事かを言い、二人が頷きで応じていた。

（ふん。下手な化けっぷりだぜい……）

宗次の口元に苦笑が浮かんだ。視力《め》のいい宗次には、三人の浪人が急場つくりな贋《にせ》浪人とひと目で判った。身形はなるほどよれよれ肩接《かたは》ぎの白衣《びやくえ》（着流し）で変装してはいるが、頭は月代《さかやき》を剃った銀杏髷《いちょうまげ》という士分髷のままだ。頭だけは立ちどころに立髪《たてがみ》（浪人髪）とは出来ないから、何処《どこ》ぞの古着屋で白衣だけは調えたのであろう。

廣澤和之進と対決する同じ藩の者であろう、と宗次には勿論見当がつく。

浪人を装っているのは、余程に駿河の藩士だということを知られたくないのであろう、と宗次は思った。

藩士として江戸で目立った騒ぎを起こせば、藩は幕府から容赦なく取り潰される。

しかし己れらの主義主張を有利に運ぶには、出来るだけ相手の力を封じて無力化し騒ぎが大きくなるのを防ぎつつ事を進める必要が生じる。

そのため対決する剣客廣澤和之進とその一派の動きを一気に抑え込む目的で、和之進が一人のところを五人で襲い、あるいはまたその妻（だった）美雪に狙いをつけた。

宗次はそう読んでいた。

しかし宗次が読めるのは、そこまでだ。廣澤和之進が仕える藩の名も宗次は知らなかったし、その藩における廣澤家の地位についてもまだ美雪からは聞かされていない。したがって、いかなるごたごたがその藩内で生じているのか把握出来ていなかった。

もっとも、それらについて美雪からあれこれと聞き出そうとする気持は余り強くない。

三人の浪人の内の一人が「しのぶ」を指差し、そしてお互い頷き合って歩き出した。

古木の陰から離れた宗次が潜り戸を開けて店の中に戻ってみると、角之一はまだ調理場の外に出たままだ。

二階から人が下りてくる気配がして、階段が軋んだ音を立てた。

はじめに美代が、続いて美雪が階段の下に降り立って、宗次は「さすが女将だねえ」と感心してみせた。

「女の私《わたくし》がほれぼれとするほどお綺麗なものですから、化粧直しのやり甲斐がございましたわよ宗次先生」

美代がいつもらしくない舌を嚙みそうな喋り方をしたところへ、竹編《たけあ》み籠《かご》に野菜を詰め込んで角之一が裏口から調理場に戻ってきた。

「ほほう、これはまた……」

と、角之一に茫然とされて、美雪は幼い娘のようにはにかんだ。

宗次が歯切れよく言った。

「ありがとよ女将。先を急ぎてえんで今日のところは、これで失礼させてくんない」

「ええ、ようございますとも宗次先生。どうぞ無用のお気遣いなどなされませぬように」

美代がまた喋りにくそうに言ったので、角之一が目で堪《こら》え笑《わら》いをした。

「それじゃあ美雪様、御屋敷へお送り致しましょう」

宗次に促された美雪は、黙って、しかしにこやかに美代と角之一に向かって深深と腰を折った。精一杯の感謝の気持が現われていた。

竹編み籠を手にしたままの角之一と美代がとまどい気味に頭を下げる。

宗次は先に店の外に出ると、半町ばかりの所まで近付いていた三人の浪人に鋭い一瞥《いちべつ》をくれた。

続いて店の外に現われた女性《ひと》が美雪と判ってか、浪人三人の足が慌て気味に止まる。

「なんだか冷えてきやしたね美雪様。遠慮は要りやせんから私《あつし》の袂へ手を入れなさいやし」

「本当に今日は少し寒いですこと先生」

美雪は素直に宗次先生の言葉に合わせることの出来る今を嬉しく思った。

「今日はこのままお屋敷へ戻りやしょう。私《あつし》の住居《すまい》はもっとゆっくりと出来る日を選んで見て戴きやすよ。それでお宜しいですねい」

「はい。宗次先生の仰る通りに致します」

二人が寄り添うようにして歩き出すと、見送ろうとして店の外に出て来た角之一と美代が宗次と美雪のその後ろ姿に思わず顔を見合わせた。

「大丈夫かねえ、お前《まい》さん」

「何がだよ」

「美雪様は六千石の旗本大家の御息女、いや、お姫様じゃあないか」

「宗次先生だって、今や大名旗本家への出入りで忙しい天才的な人気浮世絵師だい」

「そんなこと言うけど、お前《まい》さん。あの二人が変な事になっちまっても、私《あたし》ゃあ知らないよ」

「何が、知らないよ、だい。お前《めえ》、まさか美雪様が余りに綺麗なんで嫉妬《やきもち》を焼いているんじゃあるめえな」

「冗談じゃないよ。私《あたし》ゃあね、貧乏長屋住居の町人の男と旗本大家のお姫様が好きだ嫌いだのとごたごた騒ぎになって宗次先生が追い詰められやしないかと、それを心配しているだけだよ」

「何を言ってやがる。水もしたたると言いてえ程の男前《おとこめえ》の宗次先生だがよ。いい加減な女遊び一つしねえしっかりとした気性の男だということは、この界隈じゃあ誰もが知っているじゃねえかい。決して踏み外しやしねえよ。さ、俺たちゃあ仕込みだ仕込みだ。始めようぜい」

「あいよ。お前《まい》さん」

角之一と美代が店の中へ姿を消し、三人の浪人たちは開き直ったような懐手や肩を怒らせた姿勢で「しのぶ」の店先を通り過ぎた。身を隠そうともせずに宗次と美雪の後をつけている。

「あら先生、お濠端の桜が花吹雪に……」

美雪が白い指先でさし示した濠の向こうで、桜が雪のように花を散らしそれが春風にのって宙に舞い上がっていた。

「散り始めましたねい。そろそろ桜の時期の終りが近付いて参ったのかも知れやせんね」

「でも私《わたくし》の屋敷の書院桜はまだ満開でございます」

「書院桜？……ああ、塀越しに見える見事な花を咲かせているあの桜でござんすか」

「はい。父西条貞頼は書院から眺めることのできまする桜を、書院桜と名付けて大層大事に致しております」

「お父上は大番頭の御要職にありましたね」

「でございますから、日頃は私《わたくし》ともゆっくりと話を交わす機会が少のうございます。けれども今日は登城がお休みで一日、書院で体を休めておりまする」

「大番頭といやぁ大変な地位でござんすから、お疲れにもなりやしょう。私《あっし》も絵仕事で大身旗本家に出入りする機会が少なくはございやせんから、お父上様の文武に優れていなさるお噂などを、ちょくちょく耳に致しやす。なんでも近い内、ご加増がお決まりになるらしいと耳にも致しやしたが……」

「私《わたくし》も今朝、朝の膳を父と共に致しまして、その話をはじめて聞かされ驚きましてございます。なんでも昨日上様より直直に千石のご加増の内示を告げられたと、父は大層喜んでおりました」

「これはまた千石とは凄いご加増ですねい。すると西条家は七千石でござんすか」

「正式なご加増は上様のご誕生月である八月だそうです。私《わたくし》は禄高の高い低いには、さほど関心はありませぬけれど、でも父がご加増になったということは正直、うれしゅうございます」

「好むと好まざるとに拘《かかわ》らず御武家様の評価ってえのは、禄高や地位立場などが尺度となるのでございやしょうねえ。千石ものご加増はお父上様の御役目振りが余程に将軍様のお目にとまったに相違ありやせん。喜んであげなされませ。美雪様に喜んで貰えれば、お父上様の励みにもなりやしょうから」

「父は私《わたくし》が廣澤家に嫁ぐと決まりましても、『これでホッと致した……』とあっけらかんと致しておりましたのに、実は私《わたくし》が去っていなくなった居間の前に佇んで目頭を押さえていた……と、屋敷出入りの、ある商人から聞かされました」

「父親ってえのは娘が嫁いでも寂しさを隠して強がって見せるものなんでござんすかねえ。その気持、独り身《ひとりみ》の私《あっし》にはまだ判ろう筈がありやせんが……ところで美雪様が嫁がれなさいやした廣澤家は藩のどのような地位にあるのでございやすか。お差し支えなければ、お聞かせ下さいやし」

「あのう……失礼なことをお訊きすることをお許し下さいませ。宗次先生は藩の身分階層というものについて、お詳しゅうございましょうか」

「決して詳しくはありやせんが大体《だいてえ》のところは判りやす。絵仕事で大名旗本家への出入りが少なくございやせんので、いつの間《ま》にかあれこれと学んだり致しておりやすから」

「和之進様がお仕えなさいます駿河の藩では、藩主（大名）の下に縦《たて》の身分階層として筆頭家老、次席家老、御中老（組頭、寄合とも）、物頭《ものがしら》、平士《ひらし》（番士、組士とも）、徒士《かち》、足軽《あしがる》、中間《ちゅうげん》、小者《こもの》と続きまして廣澤家は御中老の御家柄で六百石を戴いてございます」

「なるほど、立派な御家柄なんですねい廣澤家ってえのは。さしずめ筆頭家老、次席家老、御中老の三役が藩の重臣で、それから下の平士までが御目見《おめみえ》が叶《かな》う上級武士ってえところでございやしょうかい」

「その通りでございます。宗次先生はまるで武士《さむらい》のように何でもよく御存知でいらっしゃいますので驚いてしまいまする」

「いやなに。縦の身分階層が判りゃあ、私《あっし》のような町人だって大体の見当はつくってえもんでございやすよ。近頃の町人や職人商人ってえのは諸藩の御屋敷に立ち入りやして色色と作業仕事を致しておりやすから、その縦の身分階層という線に、御役目（職制）という横の線が交わるってえ事を、よく知っておりやす」

「駿河の藩には、筆頭家老、次席家老がそれぞれ一組ですけれども、御中老は二組、物頭は四組ございます。また江戸屋敷には江戸家老というのは存在致しませず、『江戸頭《えどがしら》』という身分の方《かた》が統括なされておられます」

「その『江戸頭』ってえのは、駿河の藩へ戻ればどの身分階層に相当するのでござんすか」

「御中老格、だと和之進様から聞かされたことがございます。けれども何かにつけて幕府との交渉に当たらねばならぬ立場でございますから人事の異動が頻繁ですと支障が生じて参ります。したがいまして『江戸頭』が藩へ戻ることは生涯に一度としてなく、代代の世襲として江戸詰らしゅうございます」

「美雪様は事の説明が大層お上手でいらっしゃいやす。駿河の藩の様子が何だか手に取るように判って参《めえ》りやした」

「でも、いま申し上げた身分階層のどの辺りで、藩としての騒動が生じているのか私《わたくし》には全く判りませぬ。また、その騒動がどのような形のものであるのか見当もつきませぬ」

「御中老が二組と仰いましたが政治《まつりごと》の有り様《あよう》によっては、これが右と左の二つに分裂することがあるやもしれやせんねい。そういう見方は四組ある物頭についても言えやしょう。その右と左に分裂した組織の一方に筆頭家老が付き、別の一方に次席家老が付く……そういった権力闘争ってえのは、これまでに何十例、何百例とありやしてその都度、幕府の手で藩お取り潰しの目にあってありやす」

「藩士たちはそのような事例があると当然判っている筈でございましょうに、いつの世になっても権力闘争というのは消えないものなのでございましょうか」

「美味しいからでござんすよ美雪様」

「え？」

「権力ってえのが、大変味がいいからでござんすよ。だから皆、目の色を変えて手に入れようと致しやす」

「上級武士対下級武士の争いのようなものも生じましょうか」

「上級対下級というより、『上位対下位』の対決には藩政を正そうとする闘いが多いのではござんせんかねえ。駿河の藩の下級武士、あるいは下位の武士の武士道ってえのを、美雪様はどう御覧になりやした」

「下位の武士と申しまするのは私《わたくし》には漠然としてしか認識出来ませずその形態が摑み難《にく》うございますけれど、『下級武士』たちは伝統的に文武に勤《いそ》しむ風潮が強うございまして、なかでも剣術に優れる者が多かったように思います。とくに小野派一刀流に熱心でございましたかと」

「ほほう……」

「その剣術が正しい方向へ使われたなら宜しいのですけれど……」

「その通りでござんす。伝統的な剣術の強さってえのが藩騒動の火種として使われているなら、こりゃあ厄介でございやすね美雪様」

「あ、宗次先生、西条家の長屋門が見えて参りました。あのう……先生、少しの間でもお立ち寄り戴けませぬでしょうか。今日は父貞頼が御役目休みの日に当たっておりまして、屋敷におりまする。出来れば父にお会い下されませ」

「そうですか。ではそうさせて戴きやしょう。尾行の浪人が三名、執拗《しつよう》でござんすから」

「え……」

「おっと。振り向く必要はありやせん。知らぬ振りをして、このまま長屋門を潜りやしょう」

「でも先生、もしや……」

美雪が不安そうに、そこで言葉を切った時であった。

後方から追い迫ってくる一人ではない足音が伝わってきた。一気に全力疾走に移ったと判る足音だった。

「宗次先生……」

「尾行の浪人どもでござんしょ。長屋門はもう目の前でございやすから、落ち着いて小駆けで潜りなさいやし。慌てることはありやせん」

「けれど宗次先生は無腰でいらっしゃいます」

「私《あっし》の無腰は心配いりやせん。屋敷へ戻ってもお父上様に尾行浪人どものことを絶対に話しちゃあなりやせん。この騒ぎに迂闊に西条家がかかわることは、幕府重臣であるお父上様の立場に決して良くありやせん。さ、行きなせえ」

「は、はい」

美雪は自分の懐剣を素早く宗次の手に握らせると後ろ髪を引かれる思いで宗次から小駆けに離れた。

宗次は美雪の懐剣を腰帯に差し通して振り返った。

人の往き来ない「旗本八万通」を絶好の機会と捉えてか、浪人、いや贋《にせ》浪人に相違ない三人が矢のように向かってくる。

その勢いは、明らかに宗次を「狙い」と捉えた勢いのように思われた。

廣澤和之進が仕える駿河の藩の騒動は、遂に浮世絵師宗次の存在を「邪魔」と見るかたちになり始めたのか。そして「排除」に動き出したのか。

宗次は右足で静かに半円を描くようにしつつ軽く腰を下げた。

両手は無構え、つまりだらりと力なく垂らしたままである。

贋浪人三人が宗次の前三、四間《けん》ばかりの所でザザッと地面を鳴らし、滑るようにして踏み止《とど》まった。それだけでも相当な勢いで走ってきたと判る。

砂ぼこりが双方の間に舞い上がった。

「おい町人、貴様何者だ」

中央のがっしりとした大柄な贋浪人が眦《まなじり》を吊り上げ小声の威嚇調で言うや、その左右にいた若手二人が抜刀して正眼に身構えた。

「月代《さかやき》を剃ったままの贋浪人に化けてでも私《あっし》を斬る積もりですかえ、駿河のお侍《さむれえ》さんよ」

宗次も、辺りを憚《はばか》って小声で返した。

駿河のお侍さん、と言われて問答は無用と考えたのか、中央で仁王立《におうだ》ちの大柄な侍も、矢張り抜刀して正眼に身構えた。

「なるほど、お侍さんたちが仕えなさる藩では下級藩士ほど剣術、それも小野派一刀流にすぐれる、と聞いちゃあいやすが、どうやら本当のようでござんすね」

小野派一刀流と告げられて、三人が本能的な警戒心からか申し合わせたように半歩退がった。

その呼吸の一致の仕方は、明らかに同じ道場で鍛え合った者同士であることを物語っている。

宗次は物静かに言った。

「私《あつし》のような町人を相手にせず、お願いでござんすから引き返して下せぇやし。この江戸で騒ぎが広まりゃあ駿河の藩のためにもよくありやせん。このことは、お前《めえ》さんたちが一番よく判っていなさる筈」

「貴様は我我の同胞を殺傷した。許す訳にはいかぬ。貴様……町人ではあるまい。侍だな……幕府の狗《いぬ》か」

「声をもう少し落としなせえ。私《あつし》は侍《さむれえ》でも狗でもありやせん。正真正銘の貧乏町人でございやす」

「只の貧乏町人が、小野派一刀流の皆伝者である我が同胞を倒せる訳がない。いずれにしろ、貴様は斬る」

「見たところお前《めえ》さんたちも皆伝者のようでござんすね」

「知れたこと」

「ここで騒ぎを広げて駿河の藩が大変なことになっても知りやせんぜい」

相手は、もう言葉を返さなかった。無言で正眼の構えのまま、切っ先をやや低目に下げた。どうしても宗次が邪魔なようであった。かなり本気だ。

小野派一刀流は柳生新陰流と並んで「徳川将軍家の御流儀」であることから、駿河の藩では藩士たちの間で熱心に修練されているのだろう。

なぜなら現在の「駿河国《するがのくに》（静岡県の東半部）」には、志太《しだ》（八郷）、益頭《ましず》（十郷）、有度《うど》（七郷）、安倍《あべ》（八郷）、廬原《いはら》（六郷）、富士《ふじ》（九郷）、駿河《するが》（十一郷）の七郡五十九郷があって、その中心地である駿府《すんぷ》（静岡市）には東照神君徳川家康《いえやす》公（将軍家大御所）とは切っても切れない府中藩・駿府城があるからだ。

今は亡き家康公が「菟裘《ときゅう》の地」（隠棲《いんせい》地の意）と定めたこの駿府（城）には、幕府の直轄地統括《とうかつ》支配（駿府城代）として、大番頭旗本格が遣わされ重要諸務を総覧している。

したがって、諸大名たちにとっては江戸城よりもはるかに格の高い、あるいは別格な存在として無視のできない駿府城なのであった。

この駿河国の端の方に、駿府城の存在を恐れ敬《うやま》いながら存在していたのが、廣澤和之進が仕えている四万石の譜代《ふだい》の小藩「田賀《たが》藩」だった。が、この田賀藩、譜代とは言ってもその成り立ちの経緯が外様《とざま》的であるため何かと肩身が狭い。

宗次は田賀藩という藩名についてまだ美雪の口からは直接聞かされていなかったし、訊く積もりもなかったが、それくらいのことが判らぬ筈のない宗次であった。

その田賀藩の藩士と思われる贋浪人三人は暫く様子を窺うかのように動かなかったが、やがてジリッと間合を詰め出した。

（さすがだ……こいつあ素手で相手のできるなまくら剣法じゃねえ）

そう判断した宗次は、帯に通した美雪の懐剣を抜き放った。

とは言っても刃渡り僅かに七、八寸。しかも鍔《つば》無しであるから鎺下《はばきした》（鍔の位置付近）あたりを狙い打ちされると、右手は切られ飛んでしまいかねない。

だが宗次は、右手にした懐剣を右後ろ腰に隠すようにして、半身構えで静かに浪人たちを見つめた。半身構えとは言っても左手はだらりと垂れ下がったままだが、ただ五本の指を然り気なく開いている。

「気を抜くな。用心しろ。三郎介《さぶろうすけ》を倒した程の奴だ」

中央に立つ偉丈夫が目を光らせて、低い声で仲間に告げた。三郎介とは宗次に倒された仲間の内の一人らしい。

偉丈夫から告げられた仲間二人が、「おうっ」と返して眉をぐいっと吊り上げた。

宗次は「旗本八万通」と言われているくらいの通りであるから腕自慢な旗本の二、三人でも通りかかってくれはしないか、と期待したがどうやら無駄のようだった。

なにしろ旗本中堅、大身の屋敷がずらりと並んでいる通りである。

通りを挟んで建ち並ぶ敷地六、七百坪から三千坪に及ぶ旗本屋敷は、表門をいずれも東の方角（江戸城の方角）へ向けている。

したがって「旗本八万通」の一辺（東側）は建ち並ぶ屋敷の裏手に当たるため、白塗り塀あるいは築垣《ついがき》（築地塀とも）が途切れることなく延延と続いていた。

通りのもう一辺（西側）は屋敷の表門側には当たるが、一つの屋敷の表門から次の屋敷の表門までは矢張り長い塀が続いており、向こう二軒両隣という訳にはいかない。

宗次が旗本の二、三人でも通りかかってはくれまいか、と願うのは、西条家の間近で殺傷騒ぎを起こしたくないからだった。

それでなくとも西条山城守貞頼の大番頭という地位は、駿府城代にさえ就ける「格」なのだ。

いかなることがあっても、騒ぎが西条家に及んではならない、と宗次は思っている。

中央の偉丈夫の足が地面を滑り鳴らして、宗次に迫った。

すると宗次の左手が指五本を開いて雨垂れを受けるかのようなかたちで、向かってくる相手に突き出された。

相手の表情が一瞬「ん？」となりはしたが、その足はとまどわない。

「しゃいっ」というような異様な気合いと共に、宗次の眉間に相手の切っ先が打ちかかる。空気を斬り裂く鋭い音。

「美雪の懐剣」が柄《つか》を上に向け（切っ先を下げ）るかたちで閃光《せんこう》のような相手の剣を受け流すや、宗次は身軽に後ろへ飛び退がっていた。

「美雪の懐剣」が柄を上に向け（切っ先を下げ）るかたちを取ったのは、相手の剣を鍔が無い柄《つか》の方へと滑らせないためだ。

だが相手も小野派一刀流皆伝者。そうはさせじと、矢継ぎ早に宗次に二撃、三撃と繰り出し、それも鎺下《はばきした》を狙い撃ってくる。

他の二人が宗次の背後へ回り込もうとした。

偉丈夫が素晴らしい速さで四撃目を撃ち込んだ。

だが宗次は「美雪の懐剣」で受けなかった。相手の切っ先へ自ら眉間をぶっつけるかのようにして潜り込むや、雨垂れを受けるかのような構えを崩さなった左手で、なんと相手の刃を右上方向へ弾いた。素手で弾いたのだ。

偉丈夫の上体がこれによって当人にとっての左方向へ大きくねじれ、その機会を逃さず「美雪の懐剣」が相手の右の腕へ音もなくするりと入った。

「うわっ」と、相手がのけぞる。仲間二人にはその一部始終が全く見えていなかったから、何事かと狼狽した。

よろめき後退《あとずさ》った偉丈夫が仰向けに倒れ、その右の腕からたちまち鮮血が噴き出し、仲間二人が目を見張って動転した。

宗次は「美雪の懐剣」を鞘に納めて、立《た》ち竦《すく》んでいる二人に告げた。

「もう、これくらいにしておきなせえ。私《あつし》は鎌倉河岸《かまくらがし》そばの八軒長屋に住んでおりやす宗次という本物の町人でござんす。騒ぎを大きくする積もりは毛頭ござんせん。さ、お仲間を早く医者に見せておやりなせえやし」

「お、おのれ……」

「許さん」

二人は共に顔面を朱に染めて宗次に迫った。

「確かに皆さん相当なお腕前と町人の私《あつし》にもよく判るんでござんすが、邪《よこし》まな淀んだ感情で刀の柄を握ったって、なあに町人一匹斬ることなんぞ出来やしやせんよ。これで、もう止《よ》しになさいなせえ。それよりも一刻も早くお仲間を医者へ。死んじまいやすぜ」

「くそっ」

「覚えておれ。このままでは済まさんぞ」

二人はようやく刀を鞘に納めると「槌野《つちの》さん」「八郎助《はちろうすけ》殿」と言いながら、苦悶する偉丈夫に駆け寄った。

十六

宗次は二人の若侍が血まみれの偉丈夫を抱きかかえるようにして、目と鼻の先の向こう側、屋敷路地へと消え去ったのを確かめてから、西条家から離れ足早に歩き出した。

八軒長屋とは逆の方角へと足を向けている。

「旗本八万通」を抜け、浄善寺がたたずむ小高い丘を右に見るかたちで暫く行くと、大外濠川(神田川)のほとりに出た。

新しい木橋を架けるため、大勢の人夫たちが忙しそうに岸の両側で動き回っている。

「よ、宗次先生。今日はまた偉《えれ》え方角違いのところへ……これからどちらへ?」

人夫頭らしい日焼けした四十半ばくらいの男が、法被《はっぴ》の袖《そで》で額の汗を拭いながら、白い歯を覗かせて宗次に笑いかけた。

「やあ源三《げんぞう》お頭、久し振りですねい。だいぶと作業が捗《はかど》っておりやすようで」

「皆《みんな》、よく働いてくれるからよ。先日も普請方《ふしんがた》御見回りから慰労のお言葉を頂戴した上に、でけえ酒樽まで賜《たまわ》ってよう」

「それは何よりで。お上《かみ》における、お頭の評価はますます高まりやしょう」

「なあに。働き者《もん》の人夫あっての頭《かしら》だかんね。で、向こう岸へ渡るのけ、宗次先生」

「四、五町《ちょう》先の睦月橋《むつきばし》を渡って浅草へでもと思っておりやす」

「浅草なら睦月橋まで行っちゃあ偉《えれ》え遠回りじゃねえか。構やしねえから、この仮橋を渡って行きねえ」

源三という人夫頭が、自分の足場の下を通っている作業用の細い仮橋を顎の先でしゃくってみせた。

「宜しいですかえ」

「遠慮はいらねえ。足元がよくねえから気い付けてな」

「そいじゃあ、お頭。お言葉に甘えさせて戴きやす」

「それから宗次先生よ。なるべく近い内に、うちの女房《かかあ》にも顔を見せてやってくんない。宗次先生は最近とんと顔を見せてくれないねえ、なんて不機嫌にぼやいてっからよ」

「判りやした。浅草の人形焼でも持って訪ねやす」

「ありがとよ。なるべくなら女房《かかあ》好みの七福神の人形焼にしてくんない。あんころたっぷり詰まったやつでよ」

「へい。承知致しやした。そいじゃあ……」

「あいよ。行っといで」

宗次は細い粗造《あらづく》りな仮橋を身軽に渡って行きながら、幾人かの人夫に声をかけられたり、手を上げて応えたりした。

向こう岸へ渡った宗次は、忙しく立ち働いている人夫たちの誰に対してという訳でもなく、丁重に腰を折って謝意を表してから浅草へと足を向けた。

宗次の人気がとくに職人たちの間で高いのは、こういったつくりものでない謙虚さからきていた。

当代随一の天才的浮世絵師でありながら、しかも京《みやこ》の御所様（天皇）から「是非、早い内に京《みやこ》へ……」と声がかかる程だというのに、〈俺は偉い……〉

〈俺は優れている……〉〈俺は人気者……〉といった自画自讃のうぬぼれは皆無《かいむ》であった。

それこそが、厳父であり大剣聖であった梁伊対馬守《やないつしまのかみ》の精神なのであろう。

大外濠川に沿って二町ばかり足を急がせた宗次は、紙問屋「富士屋《ふじや》」の角を左へ折れた。「富士屋」は紙問屋としては江戸で一、二と言われている老舗で、上質紙を幾種類にもわたって扱っていることから、宗次も頻繁に出入りする店の一つである。

どうやら店の小僧（丁稚《でっち》）に気付かれずに店前《たなまえ》を通り過ぎられたか、と四分の一町ばかり行って安堵した途端、後ろから「先生……宗次先生……」と黄色い声がかかって宗次の面《おもて》に苦笑が走った。誰であるか見当のつく黄色い声であった。

振り返ると案の定、十三、四歳の小僧が前屈みになって走り寄ってくる。

「富士屋」で一番年若い丁稚《でっち》の吾作《ごさく》だった。

「先生……宗次先生」

吾作は僅かばかりの間を駆け寄ってきただけだというのに、宗次の前に立つとその努力を認めてほしいかのように両の肩を大きく乱した。

「落ち着きねえ吾作。また少し背丈が伸びたんじゃねえのか」

「大旦那様が先生を……お連れするようにと申されています」

「大旦那の九造《きゆうぞう》さん、七十を超えていなさるのに店に出ておられたのかえ」

「今日は朝から帳場に座っておられ、宗次先生が店前を足早に通り過ぎなさるのが、暖簾の間から見えましたそうで」

「見つかってしまった訳かえ。それにしても高齢の大旦那さんが帳場に座るなんざ珍しいじゃねえかえ。若旦那の八蔵《はちぞう》さんはどうしなすったい」

「昨日から仕入《しいれ》商《あきな》いで駿河国へ出向いておられます」

「あ、なあるほど。今や仕入れについちゃあ若旦那の目が大層利くらしいからねえ。ところで駿河国と言やあ、吾作も確か駿河の出じゃなかったのかえ」

「はい。駿河国の田賀藩という小さな藩で両親と六人の姉、兄たちも元気に百姓をしています。私は末っ子で」

「そうか、故郷《ふるさと》は田賀藩……だったのかえ」

と、宗次の表情からそれまでの笑みが、すうっと消えていった。

「随分と遠い所から江戸へ来たんだねい。おっ母《か》さんが恋しくはねえかい」

「お内儀《かみ》さんがやさしい女性《ひと》ですから。それに同じ田賀藩の商家の出なもんで」

「えっ。お内儀《かみ》の季代《きよ》さんも田賀藩の商家の出だというのかえ」

（知らなかった……）と、宗次は驚いた。富士屋九造と昨年風邪をこじらせ七十で亡くなった九造の女房のウネは共に幕府領（天領）甲府《こうふ》の百姓の出だと知っている宗次であった。九造とは「富士屋」を訪ねる何度かに一、二度は、囲碁の相手をさせられたり、茶飲み話の相手をさせられたりする間柄であって、苦労が多かった貧しい生い立ちや「富士屋」を構えたりするまでの夫婦の頑張りをよく聞かされたりした。甲斐源氏《かいげんじ》である武田信玄《たけだしんげん》の不屈《ふくつ》の精神が武田滅亡後の今も生きているのか、甲府《こうふ》の民百姓は黙黙とよく働き知恵者が多いことでも知られている。その知恵と頑張りが葡萄《ぶどう》、煙草《たばこ》、柿、水晶、和紙などの名産品を生んでいた。

一方で九造は、宗次を天才的な人気浮世絵師としての側面しか知らない。

九造の一人息子である八蔵の女房季代は控え目で謙虚な気性《たち》の女性《ひと》であった

から、いつも当たり障りの無い話程度しか交わしたことのない宗次であった。

したがって、季代が駿河国田賀藩の出と知って、ちょっと驚かざるを得なかった。

「じゃあ、こうしようかえ吾作。吾作の顔を立てて大旦那さんの所へ夕方までには顔出しすっからよ。今はこのまま見逃してくんない」

「夕方ですか」

「大事な用を抱えていてよ、これから浅草まで行かねばならねえんだ」

「夕方までだと、大旦那さんは寂しがるかも知れません。先生はこのところ余り『富士屋』へお見えではありませんでしたから」

「だってよ、必要な画用紙は充分に買い溜《だ》めしてっから、そう頻繁に用もねえのに顔出しして商いの邪魔をする訳にはいかねえやな」

「本当に夕方に来てくれますね。そうでないと私が大旦那さんに叱られますから」

「大丈夫だい。苦労人の大旦那さんは、そんなに短気な人じゃねえよ。浅草の七福神の人形焼を買ってくからと伝えといてくんねえ」

「あ、いいなあ、人形焼」

「心配すんねえ。吾作の分も買っといてやるよ」

「有り難うございます。それじゃあ大旦那さんに、そう言っておきます」

「頼んだぜい」

現金なもので吾作は「はい」と頷き、にこにこ顔で走って引き返した。

「いやに駿河国の田賀藩が次次と出揃いやがったが……まさか、こいつが凶の前触れになるんじゃあねえだろうな」

呟きながら宗次は「富士屋」に背中を見せて歩き出した。

松茸《まつたけ》、茶、蜜柑《みかん》、和紙、漆器、籠《かご》細工、安倍川餅《あべかわもち》などの優れた名産品で知られる駿河国も、民百姓の豊潤《ほうじゅん》なる知恵と艱難《かんなん》に耐え抜く不屈の働き精神が輝いている国であることを、宗次はよく知っていた。

この点については、天領である甲府の民百姓に勝るとも劣らないと思ってもいる。

ただ駿河国の不幸は、東照神君《とうしょうしんくん》家康公そのものとも言える駿府（城）の圧倒的な存在によって、「事実上の天領」であることだった。

駿河国には田賀藩をはじめとして、一万石から四、五万石の小藩が存在してはいたが、幕府の機嫌ひとつで藩主が次次と外部から入れ替わったりするなどで、民百姓にとっての満足な自治行政が敷かれておらず、その分、弱者の苦労は決して小さなものではなかった。

宗次は浅草に向かって足を急がせながら、駿河国の民百姓の自立の精神は自治行政不在による辛苦《しんく》によって、やがて急速に育まれていくのではないか、と思った。

「その徴候《ちょうこう》が、すでに大きな火を噴き上げていたじゃあねえかい。すでに三十年近くも前によ……」

呟いた宗次の眉間に苦し気な皺《しわ》が刻まれた。

宗次は慶安《けいあん》事件（軍学者由比正雪《ゆいしょうせつ》の幕府転覆計画事件）がそれであると思っている。三代様（将軍徳川家光《いえみつ》）が亡くなった慶安四年（一六五一年）四月二十日、後継者として四代様の地位に就くべき徳川家綱《いえつな》はまだ十一歳の幼君で、幕政は老中会議を事実上の最高議決機関として整えるべく、組織の見直し強化に着手しようとした。つまりそのことで政治的空白を生じさせてしまったのである。

幕政の明らかな油断。不手際だった。

由比正雪は数十万浪人（牢人）の不満を背景に決起態勢を敷き、その政治的空白を狙い撃ちして幕府を転覆しようと企《たくら》んだ。しかし幕府に事前に察知されるところとなって、その企みは結局失敗に終って正雪は自刃《じじん》に果てた。その謀《む》叛《ほん》の本拠にしようと正雪が計画したのが駿河国久能山《くのうざん》である。

久能山は、初代将軍徳川家康が七十五歳で亡くなって、約一年後に下野《しもつけ》の日《にっ》光山《こうさん》に改葬されるまでの間、最初に葬られたところである。その久能山をわざわざ謀叛の本拠に選んだ痛烈な正雪の反骨精神を学び知った宗次は、内心凄いものだと思ってきた。

この由比正雪、駿河国それも駿府の生まれである。

宗次の足は勝手知ったる路地、小路を通り抜けてすでに浅草に入りかけていた。

宗次は藤堂和泉守《とうどういずみのかみ》の上屋敷の裏門の前を過ぎて右へ折れると、小走りとなってその先、左に折れる小路へと入っていき、これも小走りとなった。つまり藤堂和泉守邸を半回りしているかたちになっていた。

そして、果たして小走りを止し次の角を用心深くそろりと左へ折れた。明らかに尾行の有無に注意を払っている宗次の歩み方であった。ここに至るまでの三、四か所で、このような迂回《うかい》や反転の方法をとってきた宗次である。尾行者を見つければ逆にその背後に張り付く積もりであったのであろう。

しかし、尾行者はいなかった……というより、見つからなかった。

「あれが現われねえことを祈りてえが……」

呟いて宗次は小さな溜息を吐いた。その表情が珍しく弱気に見えなくもない。

あれ、とは一体何を意味しているのであろうか。

小屋敷の陰から陰へとさり気なく伝うようにして用心深く迂回を重ねた宗次は、再び藤堂和泉守上屋敷の角を、辻向こうに見る所まで来た。

浅草は目と鼻の先であったが、この辺りは大名家、旗本家が多く人通りは多くはない。それが尾行を難しくしていると言えば言えた。宗次には幸いしていたのである。

どうやら大丈夫か、と思って宗次は再び藤堂和泉守邸の裏塀に沿うかたちで東へずれるあたりで向き合っている宗対馬守《そうつしまのかみ》の上屋敷表塀、その間の広い通りを宗次はときに背後を振り返りつつ急いだ。

長く続く宗対馬守邸の表塀が尽きる角まできた宗次はそこで立ち止まり、また後ろを確かめた。

これほど尾行者の有無に神経を尖《とが》らせる宗次は珍しく、それはこれから訪ねる先に間違っても騒ぎが及んではならぬと気配っていることの証と思われた。

宗邸の角を左へ折れると目の先右手で堀割の水面《みなも》が輝いていた。

三味線《しゃみせん》堀である。

このとき宗次の表情が「お……」となって歩みが緩くなった。

半町ばかり先から視線を足元に落とした下向き加減な六十過ぎくらいの老爺が、小幅な足運びでせわし気にやってくる。どことなく商人風な身形で両手に風呂敷でくるんだ長さ一尺余くらいに見える細い物を大事そうに胸元に寄せて抱えている。

その老爺が次第に近付いてくるのを、宗次は歩みを緩め緩め待ちながら声をかけた。

「進吉《しんきち》じゃないか」

不意に声をかけられて驚いた老爺が、面《おもて》を上げるなり破顔した。

「これは若様、お久し振りではございませんか」

「おいおい。往来での若様呼ばわりは止してくんねえ」

「三味線堀そばで出会《でお》うたということは、私共を訪ねて下さいます途中ですね若様」

往来での若様呼ばわりは止してくんねえ、と言われたにもかかわらず、老爺は「聞く耳持たず」の明るい笑顔であった。

「うん。ちょいと作造《さくぞう》に頼みがあってな」

「そうですか。では参りましょう」

「参りましょうって、これから進吉は出かけるところじゃねえのかい。どしたい、その小荷物は」

「若様がお見えになったのに知らぬ振りは出来ませんよ。私の用は研《と》ぎあがった小太刀を近くのお武家様にお届けするだけのこと。なあに、こちらは夕方までよいという約束なのでございますですよ。さ、さ、参りましょう」

「そうかえ。なら構わねえが、店の方は相変わらず忙しいのけい」

「それはもう、捌《さば》き切れないほどあれやこれやの依頼事が参りまして、昼飯さえゆっくりと口に出来ない有様で……」

「そいつあ何よりじゃねえか。仕事があることを有り難く思わなきゃあな」

「ですが若様……」

宗次と目を細め嬉しそうに肩を並べた老爺進吉は、今来た道を宗次の先に立つような急ぎ様《よう》で戻り出した。

「近頃は対馬屋を質屋と勘違いするお武家様が多くて困っております。ちゃんとした身形のお武家様がですよ若様、侍の魂である筈の両刀をぽいと差し出して二両貸せ三両貸せなどと……」

「それだけ生活に困っている侍《さむれえ》が増えたってことだろうよ。こいつあ進吉、徳川の世の中はそう長くはねえかも知れねえぜ。ちゃんとした国家経営の目が、国の隅隅にまで行き届いていねえって事だわさ。侍《さむれえ》が困窮《こんきゅう》しているなら民百姓は、とくに地方の民百姓は更に困っているだろうぜい」

「そのようなこと、外で言《ゆ》うてはなりませぬよ若様」

「なあに、構やしねえ」

「ところで若様。今日はお腰に短い物《の》を帯びていらっしゃいますが」

「作造に頼もうと思っていたのは、これだあな。ちょいと、そこの柳の木の下に入ろうかえ」

「はい」

二人は三味線堀の堀端柳《ほりばたやなぎ》の下に入って向き合い、宗次は帯に通してあった美雪の懐剣を鞘のまま抜き取った。

「これを綺麗に研いで貰おうと思ってよ」

「見せて戴いて宜しゅうございますか」

「ああ、むろん構わねえよ」

老爺進吉は宗次の手に自分の小荷物を預けると、美雪の懐剣を受け取って鞘を払い、柳の枝枝の間から差し込む木洩れ日を刃に当てた。

そしてまた反対側の刃に木洩れ日を当てる。

その動作を三、四度繰り返す進吉の目つきは、これまでの好好爺《こうこうや》な眼差《まなざ》しとは一変していた。

「若様……」

「ん？」

「また何やら騒動に巻き込まれなさいましたな」

と言いつつ、刃から視線をはずさない老爺進吉であった。

「好むと好まざるとにかかわらず、という奴でねい。やむなく、ちょいと暴れちまったい」

「しかも、この刃の曇りは、つい今し方の事ですな。それもかなり位《くらい》高き武家の女物……」

「うむ、まあ、そうに……違いねえ」

宗次は頷きながら、さり気なく辺りに注意を払った。

「刃から鑑《み》るこの懐剣は相当な業物《わざもの》。茎《なかご》（刀身の柄の中の部分）を検《み》てみなければはっきりとは申せませんが恐らく知られた名匠の銘《めい》（刻名または印）が刻まれていましょう」

「私《あっし》も若《も》しかして茎には正宗《まさむね》（五郎入道正宗《ごろうにゅうどう》）か国光《くにみつ》（新藤五国光《しんどうご》）が刻まれている

んじゃねえかと思っているんだがね。ま、とにかく、その懐剣を清《きよ》め研《と》ぎして綺麗に気高く戻してやってくんねえ。遅くとも二、三日中には返さなきゃあならねえんだ。遅くともな」

「承りました。他の者には任せず、私が一両日中に自らの手でやらせて戴きます」

「ありがてえ。進吉がやってくれるんなら尚更以上に安心ってえもんだ」

「幸いなことに刃毀《はこぼ》れはございません。美しく仕上げて御覧に入れましょう」

「頼む……で、訊かねえのかえ」

「え？　何がでございますか」

「この懐剣の持ち主……位《くらい》高き武家のご妻女は何処のお屋敷のお方様《かたさま》かと」

「若様に対し、そのような出過ぎたことをお訊ね致しますと、あとで旦那様から厳しいお叱りを受けますから。これは預かっておいて宜しいですね」

「うむ、任せる」

宗次が頷くと老爺進吉は懐剣を鞘に納め、内懐へ大事そうにしまい込んだ。

「すみません若様、お荷物を……」

「うむ」

宗次が預かっていた小荷物（小太刀）が進吉の手に戻された。

二人は三味線堀に沿うかたちでまた歩き出した。ゆったりとした歩き様《よう》になっていた。神田から離れた浅草といえども、宗次の顔は誰彼に知られている。しかし敷地の広い武家屋敷が多い界隈であることが幸いして、人の往き来は少なく宗次に声をかけてくる者もいなかった。

老爺進吉は、江戸ではその名も高い老舗の刀商百貨「対馬屋《つしまや》」の大番頭《おおばんとう》であり、研ぎ師頭でもあった。

「対馬屋」はとくに小太刀、脇差、合口《あいくち》など短刀類の商いで知られた店であり、「百貨」の名が付くとおり、拵えから研ぎまでを手がける腕のいい職人を幾人も抱えていた。

天王《てんのう》町の三味線堀川に面して建つ「対馬屋」は、間口は狭いが奥行は反対側の通りにまで達するほど長く、高屋根の目立つ二階家だった。

その二階家が、向こうに見えてきた。店の前を竹箒《たけぼうき》で掃《は》いていた小僧が宗次と進吉の姿を認め、「あっ」という様《さま》で竹箒をその場に放り出し、店の中へ駆け込んでゆく。

「平作《へいさく》の奴、若様のことが大好きで仕方がないようで……旦那様に知らせに駆け込んだのでしょう」

「貰い火の火事で両親兄弟を失ったんだったな」

「まだ『対馬屋』に奉公するようになって四、五か月ですが、陰日向《かげひなた》なく実によく働きます」

「大事に可愛がってやんねえ。いい職人に育ててあげるこった」

「そうですね。目をかけてやります」

老爺進吉は肩を並べて歩いている宗次の横顔を、人の善さをあらわしている目を細めて見つめた。

が、進吉のその表情が直ぐに「ん？……」となって、歩みが止まり振り返った。

「どしたんでえ進吉」

「いえ、気のせいかも……いま右目の視野の端で、誰かが物陰にサッと隠れたように見えたものですから」

宗次は今歩いてきた通りを黙って見まわした。

「どの辺りへ隠れたように見えたんでい」

「一年中赤提灯を片付けないで下げている、ほら、あの蕎麦屋《そばや》『やぶほり』の向こう角ですよ」

「ふうん……大丈夫だろうぜい。行こう」

「懐剣で仲間を斬り倒された恨みが、おのれ、とばかり追ってきているのではないでしょうね若様」

「心配すんねい」

「心配などしてはいませんですよ。若様に刃向かう相手の方を気の毒に思うだけで……さ、行きましょう。旦那様がお待ちでしょうから」

老爺進吉は心配などしていない口調で言うと、宗次を促して歩き出した。

宗次は背中方向へ研ぎ澄ませた注意を集中させながら、「こいつあ騒ぎが一気に大きくなるかも知れねえ」と、覚悟を決めた。


（下巻につづく）

「門田泰明時代劇場」刊行リスト

ひぐらし武士道
『大江戸剣花帳』(上・下)
徳間文庫 平成十六年十月
光文社文庫 平成二十四年十一月
徳間文庫(新装版) 令和二年一月

ぜえろく武士道覚書
『斬りて候』(上・下)
光文社文庫 平成十七年十二月
徳間文庫 令和二年十一月

ぜえろく武士道覚書
『一閃なり』(上)
光文社文庫 平成十九年五月

ぜえろく武士道覚書
『一閃なり』(下)
光文社文庫 平成二十年五月
徳間文庫 令和三年五月
(上・中・下三巻に再編集して刊行)

浮世絵宗次日月抄
『命賭け候』
徳間書店 平成二十年二月
徳間文庫 平成二十一年三月
祥伝社文庫 平成二十七年十一月
(加筆修正等を施し、特別書下ろし作品を収録して『特別改訂版』として刊行)

ぜえろく武士道覚書
『討ちて候』(上・下)
祥伝社文庫 平成二十二年五月
徳間文庫 令和三年七月

浮世絵宗次日月抄
『冗談じゃねえや』
徳間文庫 平成二十二年十一月
光文社文庫 平成二十六年十二月
(加筆修正等を施し、特別書下ろし作品を収録して『特別改訂版』として刊行)
祥伝社文庫 令和三年十二月
(上・下二巻に再編集して『新刻改訂版』として刊行)

浮世絵宗次日月抄
『任せなせえ』
光文社文庫　平成二十三年六月
祥伝社文庫　令和四年二月
（上下二巻に再編集し、特別書下ろし作品を収録して『新刻改訂版』として刊行）

浮世絵宗次日月抄
『秘剣　双ツ竜』
祥伝社文庫　平成二十四年四月

浮世絵宗次日月抄
『奥傳　夢千鳥』
光文社文庫　平成二十四年六月
祥伝社文庫　令和四年四月
（上・下二巻に再編集して『新刻改訂版』として刊行）

浮世絵宗次日月抄
『半斬ノ蝶』（上）
祥伝社文庫　平成二十五年三月

浮世絵宗次日月抄
『半斬ノ蝶』（下）
祥伝社文庫　平成二十五年十月

浮世絵宗次日月抄
『夢剣　霞ざくら』
光文社文庫　平成二十五年九月
祥伝社文庫　令和四年六月
（上・下二巻に再編集して『新刻改訂版』として刊行）

拵屋銀次郎半畳記
『無外流　雷がえし』（上）
徳間文庫　平成二十五年十一月

拵屋銀次郎半畳記
『無外流　雷がえし』（下）
徳間文庫　平成二十六年三月

浮世絵宗次日月抄
『汝　薫るが如し』
光文社文庫　平成二十六年十二月
（特別書下ろし作品を収録）

浮世絵宗次日月抄
『皇帝の剣』（上・下）　祥伝社文庫　平成二十七年十一月
（特別書下ろし作品を収録）

拵屋銀次郎半畳記
『俠客』（一）　徳間文庫　平成二十九年一月

浮世絵宗次日月抄
『天華の剣』（上・下）　光文社文庫　平成二十九年二月

拵屋銀次郎半畳記
『俠客』（二）　徳間文庫　平成二十九年六月

拵屋銀次郎半畳記
『俠客』（三）　徳間文庫　平成三十年一月

浮世絵宗次日月抄
『汝よさらば』（一）　祥伝社文庫　平成三十年三月

拵屋銀次郎半畳記
『俠客』（四）　徳間文庫　平成三十年八月

浮世絵宗次日月抄
『汝よさらば』（二）　祥伝社文庫　平成三十一年三月

拵屋銀次郎半畳記
『俠客』（五）　徳間文庫　令和元年五月

浮世絵宗次日月抄
『汝よさらば』（三）　祥伝社文庫　令和元年十月

『黄昏坂七人斬り』　徳間文庫　令和二年五月
拵屋銀次郎半畳記
『汝　想いて斬』（一）　徳間文庫　令和二年七月
浮世絵宗次日月抄
『汝よさらば』（四）　祥伝社文庫　令和二年九月
拵屋銀次郎半畳記
『汝　想いて斬』（二）　徳間文庫　令和三年三月
浮世絵宗次日月抄
『汝よさらば』（五）　祥伝社文庫　令和三年八月
拵屋銀次郎半畳記
『汝　想いて斬』（三）　徳間文庫　令和四年三月

本書は平成二十五年に光文社より刊行された『夢剣 霞ざくら 浮世絵宗次日月抄』を上・下二巻に再編集し、著者が刊行に際し加筆修正したものです。

一〇〇字書評

切り取り線

購買動機（新聞、雑誌名を記入するか、あるいは○をつけてください）	
□（　　　　　　　　　　　）の広告を見て	
□（　　　　　　　　　　　）の書評を見て	
□ 知人のすすめで	□ タイトルに惹かれて
□ カバーが良かったから	□ 内容が面白そうだから
□ 好きな作家だから	□ 好きな分野の本だから

・最近、最も感銘を受けた作品名をお書き下さい

・あなたのお好きな作家名をお書き下さい

・その他、ご要望がありましたらお書き下さい

住所	〒				
氏名		職業		年齢	
Eメール	※携帯には配信できません	新刊情報等のメール配信を 希望する・しない			

この本の感想を、編集部までお寄せいただけたらありがたく存じます。今後の企画の参考にさせていただきます。Eメールでも結構です。

いただいた「一〇〇字書評」は、新聞・雑誌等に紹介させていただくことがあります。その場合はお礼として特製図書カードを差し上げます。

前ページの原稿用紙に書評をお書きの上、切り取り、左記までお送り下さい。宛先の住所は不要です。

なお、ご記入いただいたお名前、ご住所等は、書評紹介の事前了解、謝礼のお届けのためだけに利用し、そのほかの目的のために利用することはありません。

〒一〇一－八七〇一
祥伝社文庫編集長　清水寿明
電話　〇三（三二六五）二〇八〇

祥伝社ホームページの「ブックレビュー」からも、書き込めます。

www.shodensha.co.jp/bookreview

祥伝社文庫

夢剣《むけん》 霞《かすみ》ざくら（上） 新刻改訂版《しんこくかいていばん》 浮世絵宗次日月抄《うきよえそうじじつげつしよう》

令和 4 年 6 月 20 日　初版第 1 刷発行

著　者　門田泰明《かどたやすあき》

発行者　辻　浩明

発行所　祥伝社《しようでんしや》
東京都千代田区神田神保町 3-3
〒 101-8701
電話　03（3265）2081（販売部）
電話　03（3265）2080（編集部）
電話　03（3265）3622（業務部）
www.shodensha.co.jp

印刷所　萩原印刷
製本所　ナショナル製本
カバーフォーマットデザイン　かとうみつひこ

本書の無断複写は著作権法上での例外を除き禁じられています。また、代行業者など購入者以外の第三者による電子データ化及び電子書籍化は、たとえ個人や家庭内での利用でも著作権法違反です。
造本には十分注意しておりますが、万一、落丁・乱丁などの不良品がありましたら、「業務部」あてにお送り下さい。送料小社負担にてお取り替えいたします。ただし、古書店で購入されたものについてはお取り替え出来ません。

Printed in Japan ©2022, Yasuaki Kadota ISBN978-4-396-34818-2 C0193

浮世絵師宗次、
花の京へ――!

皇帝の剣〈上・下〉

浮世絵宗次日月抄

絢爛たる都で相次ぐ戦慄の事態!
悲運の大帝、重大なる秘命、強大な公家剣客集団。
大剣聖と謳われた父でさえ勝てなかった天才剣に、
宗次はいかに挑むのか⁉

宗次自《みずか》ら赴《おもむ》くは、熾《し》烈《れつ》極める
永《えい》訣《けつ》の激闘地！

汝《きみ》よさらば（一）〜（五）

浮世絵宗次日月抄

宗次一人を的に結集する激しい憎悪の刃、
否応なく襲い掛かる政争の渦――。
人情絵師の撃剣が修羅を討つ！

浮世絵宗次、
天下に凛《りん》たる活人剣！

新刻改訂版

冗談じゃねえや

浮世絵宗次日月抄〈上・下〉

謎の辻斬りが、剣法皆伝者を斬り捨てた――
市井《しせい》で苦しむ人人のため、
卑劣な悪を赦《ゆる》さぬ誅罰《ちゅうばつ》の一刀が閃《ひらめ》く！

圧巻の225枚!
特別書下ろし新作『夢と知りせば』
上下巻に収録!!

任せなせえ

新刻改訂版

浮世絵宗次日月抄〈上・下〉

天下騒乱の予感を受けて、単身京《みやこ》へ。
古都の禁忌《きんき》に宗次が切り込む!

炎《ひ》の如《ごと》く燃え上がる、
宗次憤激の最高秘剣！

新刻改訂版
奥傳《おくでん》夢千鳥《ゆめちどり》
浮世絵宗次日月抄
〈上・下〉

老舗《しにせ》豪商を襲った非情の「黒凶賊《くろきょうぞく》」、
尾張柳生《おわりやぎゅう》の凄腕剣客《すごうでけんかく》——
炸裂する神将伐折羅《しんしょうばさら》の如き宗次の剣舞！